創元ライブラリ

死者の百科事典

ダニロ・キシュ
山崎佳代子◆訳

東京創元社

目次

死者の百科事典

僕の恋の熱狂は死と向き合っている
窓が中庭をのぞむように
——ジョルジュ・バタイユ

魔術師シモン

1

ナザレ人《びと》イエスの死と不思議な甦《よみがえ》りから十七年の後、サマリアを縦横に横切り、気まぐれな砂に埋もれて荒れ野に消えていく埃っぽい道に、その男は姿を現わした。弟子たちに魔術師と呼ばれた男、魔術師シモンで、敵は軽蔑をこめて「泥の男」と呼んでいた。サマリアの、ギタとかいう田舎から来たのだと断言する者もあれば、シリアかアナトリアの出だと言う者もあった。認めないわけにはいかないが、そんな混乱が生じたのも、ひとつには彼自身のせいでもあった。なぜなら、どこの生まれかという悪気のない問いに答えて、彼は手を大きく振ってみせたのだが、その動きには最初の村ばかりか地平線が半分も入っていたのだから。

中背で、筋肉質、髪の毛は縮れて黒く、頭頂が薄くなりはじめており、髭もやはり縮れてぼさぼさで、すでに白いものが混じっていた。曲がって骨張った鼻をして、横顔は羊のようだった。片方の目はもう片方よりも大きくて、それが顔に少々皮肉な表情を与えていた。左の耳には、自分の尾を呑み込もうとする蛇を象《かたど》った金の耳飾りをつけている。麻縄を幾重にも身体に巻き付けていて、それは見世物の小道具にもなった。その縄が一瞬、ぴんと立つと、呆気《あっけ》に取られている観客の目の前で、棒をよじ登るように登ってみせるのだ。あるいは、その縄を牛などの首にかけ、呪文を唱えながら、刀をひと振り、首を切り落とす。瞬間、首と胴はばらばらに荒れ野の砂に転がっている。魔術師がそこで同じ呪文を逆さに唱えると、首は元通り胴とつながり、牛の首にかかっていた麻縄は地面に残る。シモンは結び目をほどき、ふたたび縄の帯を締める。もっとも、見物人の中に、縄の繊維が何でできているか確かめたがる者がいたりすれば別である。そんな者には、シモンは堅くなった縄の端を、杖でも差しのべるように、差し出す。疑り深い者がつかむやいなや、縄はぐにゃりとなって地面に落ち、砂埃《すなぼこり》が立つのだった。

ギリシア語やコプト語、アラム語、ヘブライ語から土地土地の方言まで、どれも同じように上手に話せたが、敵によれば、どの言葉を話しても外国訛《なま》りがあったという。シモンはそうした噂をあまり気にかけなかったが、彼自身、その噂にまんざらでもない様子だった。精力的で雄弁家だったといわれる、とりわけ弟子や信奉者、あるいは集まった群衆を前に話すときはそうだった。「そんなときは、瞳が星のごとく輝いていた」と、弟子のひとりは言う。「狂人の声と放蕩者の眼差しをしていた」と、彼に反対する者のひとりは記している。

東から西へ、西から東へと続く絡み合った道で、魔術師シモンは大勢の伝道者に出会うが、彼らの道もしばしば交差していた。ヨハネとパウロの弟子たち、そしてヨハネとパウロ自身も、ナザレ人《びと》イエスの教えを世に広めていったが、イエスの思い出はパレスチナやユダヤやサマリアの地にまだ生きている。シモンは村の入口で、よく彼らのサンダルの跡を見つけた。村はその時間にしては不思議なほど静まり返っていて、犬の吠え声や羊のかん高い鳴き声がした。それから、これもまた羊の鳴き声に似た男の声が彼方《かなた》から聞こえてくる、かん高くよく澄んだ声だが、まだはっきりとは聞き取れない。それは使徒たちで、ぐらぐらする樽《たる》にのぼり、世界と神の創造の全《まった》きことを説いている。小屋などの陰に身を潜め、彼らが離れるのを待って、シモンはその後から村に入っていく、村人がすっかり散り散りにならないうちに。

今度は彼がお付きの者に囲まれて、語りはじめる。使徒たちの勿体《もったい》つけた話にうんざりして、皆はいやいや集まっている。「パウロとヨハネを今しがた見送ってきたばかりだぜ、もうたっぷり一年、お言葉はたくさんだ」

「私は使徒ではない」と、シモンは言った。「私はあなたがたと同じ人間なのだ。あの人たちは聖霊が降りるようにあなたがたの上に手を置く。だが、私はあなたがたを埃の中から引き出すために手を差しのべるのだ」そこで手を天に差しのべると、幅の広い袖はずり落ち幾重にも襞《ひだ》をつくり、そこから美しい白い腕と細い指とが現われた、怠け者や手品師にしか見られぬような。

「あの人たちがあなたがたに約束するものは」と、シモンは言葉を続ける。「永遠の救いである。私が約束するのは知識と荒れ野である。望む者は、私の仲間になるがよい」

人々はあちこちからやって来るさまざまな漂泊者に慣れていた。多くは東方から来たが、ひとりのときもあれば、二人のときもあり、大勢の信者を従えていることもあった。村の入口や山の麓《ふもと》や近くの谷に騾馬《らば》や駱駝《らくだ》を置いて来る者もあり、武装した供の者を従えて来る者もあり（彼らの説教はむしろ脅迫か喜劇のようだった）、騾馬に乗って来て、降りもせずに、いきなり曲芸を始める者もあった。しかし、あるナザレ人《びと》の死を境に、ここ十五年ほどは、若くて元気な者たちがやって来るようになった。手入れのいい髭をたくわえ、あるいはまだ髭も生えておらず、白い衣をまとい羊飼いの杖を手にして、だれもが使徒だ、神の子だと名乗っていた。サンダルは長途《ちょうと》の埃にまみれ、話すことといえばひどく似通っていて、まるで同じ書物から学んだようだった。だれもが同じ奇跡を引き合いに出し、その奇跡を見たと言う。あるナザレ人《びと》が目の前で水を葡萄酒《ぶどうしゅ》に変え、数匹の鰯《いわし》で群衆の腹を満たした、と言うのだ。ある者は、主は自分たちの目の前で空へ昇っていかれた、目も眩《くら》むほどの光に包まれ、鳩《はと》か何かのように天に達せられたと証言した。生き証人として連れている盲人たちは、その光に目を焼かれたが、代わりに魂の光を授けられたと言った。

そして、だれもが神の子であると言い、神の子の子であると名乗った。ひと切れのパンと一壺《いっこ》の葡萄酒の代わりに永遠の生命と至福を約束したが、村人に猛犬をけしかけられ、門口から追い立てられると、今度は、そういう者は永遠の地獄に落ちて、仔羊が丸焼きにされるようにじわじわと身体を焼かれるだろうと言って脅すのだった。

説教師のうちには、話し上手もいて、疑い深い民衆や、もっと疑い深い役人たちに、魂のことばかりではなく、肉体のことや、農耕や牧畜についても、多くの難しい質問にうまく答えた。若者たちにはニキビを治してやり、乙女たちにはどうすれば処女を守り、処女たることに楽に耐えられるか、衛生上の助言を与えた。老人たちには死の訪れにどう備えるか、裁きの日にどんな言葉を語ればよいか、光へと導く峡谷を楽に抜け出すために手をどう組めばよいかを指示した。母親たちにはどうすれば高価なまじない師にも薬にも金を使わず安全に子を産めるか、どうすれば息子たちを戦争から守れるかを助言し、また子宝に恵まれない女たちには、彼らが聖霊と呼んでいたものに胎内を満たさせるために、日に三度、空腹時に、唱えるべき単純明快な祈りの文句を教えた。

そして、何もかも無償で行ない、一銭の金も取らなかった。ただし、感謝して受け取るパンの耳や、わけのわからぬ言葉を呟きながら、ひと息に飲み干すひと椀の冷たい水を報酬に数えなければの話だが。このように説教師たちがしきたりや言葉の違うさまざまな地方から、後から後から続いてやって来ては、髭をたくわえた者もあれば、髭のない者もあったが、だれもが同じようなことを語るのだった。ひとりが仄《ほの》めかしたことをもうひとりが確証する、ただ細部が増《ふ》えてゆき、その結果、若干の相違はあっても、奇跡とそのナザレ人《びと》の甦りの話は次第に説得力を帯びてくるのだった。ユダヤやサマリアやアナトリアの民は、この埃まみれのサンダルを履《は》いたおとなしい若者たちが胸のあたりに手を組み、乙女のような声で語り、天を仰いで歌うのにもう慣れていた。冷たい水とパンの耳を施すと、彼らは感謝してお返しに永遠の生命を約束し、死後に行き着くであろう素晴らしい情景を描いてみせる。そこには荒れ野はない、砂もない、蛇も蜘蛛《くも》もいない、ただ棕櫚《しゅろ》の木が葉を広げ、歩みを進めるごとに冷たい水が湧き、草は膝の高さまで、そして膝より高く茂り、日は穏やかに照り輝き、夜は昼のようで、昼は果てしない。牛は牧場に遊び、山羊や羊が草を食《は》んでいる、一年中、どの季節にも花が香り、そこは永久《とこしえ》の春なのだ。烏《からす》はいないし、鷲《わし》もいない、日がな一日、ナイチンゲールが歌い続けるばかりである、などなど。

この楽園の情景は、初めのうちはだれの日にも滑稽で、ありそうもないことに映ったのだが――いったい永遠に太陽が輝き、痛みも死もないところなど見た者があっただろうか――あの穏やかな青い瞳の青年たちがあまりにも確信に満ちて熱心に描いてみせるうちに、皆も青年たちを信じるようになった。嘘も長いこと繰り返されると、人はそれを信じるようになる。信じることが人々には必要なのだ。多くの若者たちが紐《ひも》の長いサンダルを履き、彼らについて出ていった。一年か二年で村に戻る者もあり、十年も戻らない者もあった。長旅に疲れ果て、髭には白いものが目立った。今度は彼ら自身が静かに語るのだった、両手を下腹に組んで。その人の奇跡について語り、その人の教えについて語り、そして奇妙な律法を説き、肉体の喜びを蔑《さげす》み、質素な衣をまとい、ほどよく食し、両の手で聖杯を高く掲《かか》げて葡萄酒を飲むのだった。だが、反論したり、彼らの教えやその人の奇跡に疑いを挟んだり、永遠の生命や楽園を疑ったりする者があれば、その者には気の毒だが、思いがけない激しさでかんしゃくを起こす。そういうときには、その男に向かい、生き生きとした激しい言葉で、炎のような脅しの言葉で、永遠の償いという罰を描き出してみせるのだ。「彼らの悪の言葉と呪いから、神々があなたがたをお守りくださるように」と、ある異教徒は書いている。

疑い深い者には甘い言葉や約束、賄賂《わいろ》や脅迫を用いる術を心得ていて、勢力が広がり信者の数が増えてくると、ますます力をつけ、横暴になっていった。彼らの教えに少しでも疑いを表明する者があれば、家族の者を脅し、人々のあいだに争いの種を播《ま》き、陰謀の網を張り巡らす。手先の挑発者や扇動者を従え、秘密の審判では破門や罰が宣告され、敵対者の名簿が焼かれ、かたくなな者には呪いの言葉が浴びせられるのだった。彼らに加わる人々の数は増えていった。それは忠実な者に褒美が与えられ、服従せぬ者は罰せられたからである。

魔術師と呼ばれるシモンが現われたのは、つまり、ちょうどそんな時期であった。

彼は、使徒たちの説く神は暴君であり、暴君は理性ある者にとって神ではありえないと説いた。あの彼らの神、エホバ、エロヒムは、人間に憤《いきどお》り、その首を絞め、喉をかき切り、疾病《しっぺい》をもたらし、野獣を送り、蛇と毒蜘蛛、獅子と虎、稲妻と雷、黒死病とらい病と梅毒、大風と嵐、旱魃《かんばつ》と洪水、悪夢と不眠症、若さの哀しみと老いの無力を送ってくる。我々の幸いなる祖先を楽園に住まわせたが、最も甘い果実は与えなかった、人間が手にするに値する唯一の果実、人間を犬や駱駝や驢馬《ろば》や猿から区別する唯一のもの、すなわち善悪の知識を。

「私たちのあの不幸な祖先が、好奇心に駆られて、その果実を手に入れようとしたそのとき、あの人たちの、あなたがたのエロヒムは、あの全き者、大いなる者、全能の神は、いったい何をしたか。何をしたというのか」シモンは、ぐらぐらする樽の上で揺れながら声を張りあげる。「それはあなたがたもよく知っていること、わかっていることだ(毎日のようにあなたがたの使徒たちが、神の僕《しもべ》や奴隷たちが説いているのだから)。黒死病やらい病を患う者のように追い払った、情け容赦もなく、炎の剣を持ち追い払ったのだ。なぜか。なぜなら、それは他人の不幸を喜ぶ神、意地悪で妬《ねた》み深い神だからなのである。神は自由の代わりに隷属を説き、反抗の代わりに服従を、喜びの代わりに禁欲を、知識の代わりに教義を説く……。ああ、サマリアの民よ、あなたがたを憎む者があなたがたの家を壊《こわ》したのは、ついこのあいだのことではなかったか。あなたがたの畑に旱魃や蝗《いなご》を送ったのではなかったか。あなたがたの村から何十人ものらい病人を連れ去りはしなかったか。一年前には、恐るべき黒死病であなたがたの家を荒れ果てさせなかったか。遠い祖先の犯したとかいう罪ゆえに、あなたがたにまで、まだ等しく報復するとは、いったい何という神なのか、それがあなたがたの使徒たちの呼ぶ正義の者なのか。私たちの祖先が、好奇心に駆られ、知識を生むその燃えさかる火に追われて、あえて林檎《りんご》の実を取ったがゆえに、黒死病を、稲妻と雷、疾病、哀しみと苦しみを送りつける者が、はたして正義の者なのか。それは、サマリアの民よ、神ではないのだ、それはあなたがたを憎む者であり、完全に武器で身をかため、炎の剣と毒矢で武装した天使の一隊を率《ひき》い、あなたがたの行く道に立ちはだかる追いはぎであり、強盗なのだ。無花果《いちじく》の実が熟すと疫病を送り、オリーブの実が熟せば嵐を送って実を落とし、雹《ひょう》を降らせて実を地中に埋め、これを泥にしてしまう。羊が子を産めば黒死病を送り、さもなければ狼か虎を送ってその柵囲いを荒らす。あなたがたに子供が生まれればひきつけを起こさせて、その命を縮める。なんという神なのだ、こんなことをする者が、どうして正義の者なのか。いや、これは神などではない、これはあの天にまします者ではない、エロヒムではない。これは何か別の者なのだ。なぜならエロヒムは、天と地、男と女、蛇と鳥を創りたもうた者、生きとし生けるものすべてを創りたもうた者、海より高く山を築き、海や川や大洋を、緑の草と棕櫚の木陰を、太陽と雨を、大気と火を創りたもうた者、それこそがエロヒム、正義の神なのである。ペテロやヨハネやパウロやその弟子たちが、その教えをあなたがたに説いている者、その者こそ強盗で殺し屋なのだ。そして、ヨハネとパウロ、ヤコブにペテロがその神について、神の御国について語ることはすべて、すべてが偽りなのだ、さあ、聞くがいい、サマリアの民よ。彼らの言う選ばれた地は偽りだ、彼らの神は偽りだ、彼らの奇跡はことごとく偽物だ。彼らが嘘偽りを言うのは、誓いを立てた神もまた偽りだからで、だから始終、嘘をつく、嘘で編み上げた大きな籠《かご》の中に入ってしまったので、嘘をついているのが自分でもわからない。だれもが嘘をつくところには、嘘つきはひとりもいない。何もかもが嘘なら、何ひとつ嘘ではない。天上の王国、正義の王国は偽りだ。あの者どもの神に付けられる限定詞ひとつひとつが偽りである。正義の、嘘だ。真実の、これも嘘だ。唯一の、嘘だ。不滅の、嘘だ。それから、あの者どもの書物も偽物である、偽りを約束するからだ。天国を約束するが、その天国は偽りである、なぜなら彼らの手のうちにあるのだから、なぜなら彼らが、炎の剣で武装したあのお方の天使が、偽りの天秤を持つ彼らの審判が、天国の門に立っているのだから」

　民衆はシモンの言葉を冷ややかに疑心暗鬼で聞いていた。扇動者の話を聞くときと同じように、はっきりしない言葉の裏に隠された意味を探りながら。民衆は権力者や役人やパリサイ人《びと》が口先ではうまいことを言い、約束をしながら、実は騙したり脅したりゆすったりするという事実に、もうすっかり慣れていた。そこで、民衆は待っていた、こいつも正体を現わすだろう、ついにはここにやって来た本当のわけを、この空しい言葉や、明瞭さと意味を欠いた、このはっきりしない演説は何のためなのかを言うにちがいないと。だから、ずっと話を聞いていた。最後には、せめて曲芸とか奇跡とかで、ぼんやりした話の辻褄を合わせるだろうと期待していたのだ。

「天の王国は嘘で固めた礎《いしずえ》の上に築かれている──無慈悲に照りつける太陽を見上げて、シモンは言葉を続けた──そして屋根は嘘と出鱈目《でたらめ》という二つの水の上にある。彼らの文書もまた偽りの言葉と偽りの律法でできている、戒《いまし》めそれぞれがひとつの嘘で、十誡とは十の嘘なのである。彼らのエロヒムは暴君で、執念深く、底意地の悪い老人のように悪いというだけでは足りず、なんとこの神を崇《あが》め、神の御前にあっては地にひれ伏し、神のこと以外は何も考えてはいけないと言う。この神を、あの暴君を、唯一だの全能だの正義だのと呼べと言う。そして、唯一なる神に従えと言う。ああ、サマリアの民よ、おまえを訪ね、嘘と偽りの約束で耳を満たすのは、いったいどんな山師なのか。そいつらは神の寵愛を独り占めにして、あなたがたには文句を言わずに神に従え、人生のあらゆる苦しみ、傷、病、地震、洪水、黒死病に耐え、しかも神を呪ってはいけないと言う。なぜ神の名をみだりに口にすることを禁じたりするのか。嘘なのだ、サマリアの民よ、言っておくが、ペテロとパウロが述べ伝えるすべては嘘なのだ、すべては彼らの弟子たちの嘘と出鱈目なのだ、すべては恐ろしいとんでもない欺瞞なのだ。だから、汝、殺すなかれ、と言う。殺しは神の、彼らの唯一の、全能の、正義の者の仕事なのだから。揺り籠の子供を、産褥の母を、歯の抜け落ちた年寄りを屠《ほふ》り殺すのはあのお方しだいである。あの神の御業《みわざ》なのである、だから、汝、殺すなかれ。殺しこそあのお方とその僕《しもべ》たちの為すべきこと。彼らだけに許される。彼らは狼になるように、あなたがたは羊になるように定められている。だから、サマリアの民よ、彼らの掟に従うがよい。……だから、汝、姦淫するなかれ、と言う、彼らが自分のためにおまえの娘の花を持ち去ることができるように。汝、隣人を妬むなかれ、と言う、妬むべきものなど何もないのだから。彼らはおまえのすべてを求める、魂も肉体も、精神も思想も、そしてその代わりに約束を与える。おまえの現在の服従、現在の祈り、現在の沈黙に対して、口から出まかせの約束を与える、未来を約束する、ありもしない未来を……」

村人はもう散り散りになり、話を聞いているのはシモンの弟子を自称している者たちばかりだったが、シモンはそれに気づかなかった、いや、気づかないふりをしていただけかもしれない。その間、シモンの忠実な付き人だったソフィアは彼の額の汗を拭い、水差しを手渡してやっていた。水はすっかり生ぬるくなっていた、水差しは砂に深く埋めてあったのだが。

ソフィアは三十あまりの女で、小柄な身体に豊かな髪、瞳は山査子《さんざし》の実のように黒かった。透き通った明るい色のマントをはおり、その上に、インドで買ったにちがいない、色とりどりの絹のスカーフをしていた。シモンの弟子たちは、この女こそ知恵の権化《ごんげ》であり、成熟した女性の美しさそのものであると言っていたが、キリスト教徒の巡礼者たちはこの女についてありとあらゆる噂を流していた。はすっぱ女、売女、炎の女、尻軽女、そしてシリアの売春宿からそのまま相棒の詐欺師の世話になっている女詐欺師。シモンはそれを否定しなかった。女奴隷で情婦という女のこれまでの運命は、エホバの冷酷さとこの世の苛酷さのわかりやすい例として役にたった。それは例であり教訓であった。この堕ちた天使、迷える仔羊は神の冷酷さの犠牲にすぎないと、彼は主張した。人の肉体に囚われた浄らかな霊魂である、と。この女の霊は何世紀にもわたり、器から器へ移るように、肉体から肉体へ、幻から幻へと移り住んでいる。女はロトの娘であり、ラケルであり、そして美しいヘレナだったのである（つまり、ギリシア人と蛮族は幻に魅せられ、亡霊のために血を流したのだ）。その最後の化身こそ、シリアの売春宿の遊び女であった。

「そして、それまで」と、シモンは言葉を続けながら、飲もうとした生ぬるい水を吐き出してしまった、白い衣に身を包んだ巡礼者の一行が家陰から姿を現わしたのを見たからだった。そして、そこに羊飼いの杖で身を固めたペテロと弟子たちの姿を認めた……。「そしてそれまで、天空の暗い覆いのもとで、大地の黒い城壁の狭間で、生の牢獄の中で、彼らが教えるように、富を蔑《さげす》み、肉体の喜びを退《しりぞ》け、女を、あの神々の酒を満たした器を、幸いの壺を避けるがよい、彼らの偽りの天国の名のもとに、そして彼らの偽りの地獄を恐れて。あたかもこの浮世は地獄ではないとでもいうように……」

「地上の王国を選んだ者もあれば、天上の王国を選んだ者もある」と、両手で杖にすがってペテロは言った。

「富を手にした者だけが、富を蔑むことができる」シモンは言い、大きいほうの目でペテロを見据えた。「貧しかった者だけが、貧しさを賛美することができる。肉体の喜びを退けることのできるのは、それを味わったことのある者だけだ」

「神の御子は苦悩を味わわれた」と、ペテロが言った。

「主の奇跡は正義の証しなのだ」ペテロの弟子のひとりが叫んだ。

「奇跡はまったく正義の証しではない」シモンは言った。「奇跡は、騙されやすい民にとってのみ、最後の証しとして使われる。奇跡を流行《はや》らせたのは、十字架で最期を遂げたあのおまえたちの不幸なユダヤ人である」

「そのような力をもたぬ者は、大口を叩かぬがよい」ペテロがやり返した。

　するとシモンは、ぐらぐらする樽から、ひらりと飛び降り、挑戦者の目の前に立った。

「今から空に向かって飛んでみせよう」と、シモンは言った。

「ぜひとも見せていただきたいものだ」ペテロは言ったが、その声は震えていた。

「どこまで力が及ぶか、私にはわかっている」と、シモンは言った。「第七の天には届かぬことも知っている。けれども、六つの天を訪ねてみせよう。第七の天に届くのは思いだけである、そこはすべてが光と幸いなのだから。幸いはいずれ死すべき人間には授けられてはいない」

「偉そうなことを」と、ペテロの弟子が言った。「あそこの雲まで行けたら、ナザレ人《びと》を敬うように、おまえを敬ってやれるだろう」

　村外れの、オリーブの巨木のあたりで、何か変わったことが起こっている、あのおしゃべり屋がとうとう苦行者の技《わざ》を見せるらしいと知ると、民衆はふたたび集まった。

「急いで戻ってくるんだぞ」見物のひとりが馬鹿にしたように言った。「だけど何か印を残していけよ」

シモンは腰の縄をほどくと、その男の足元に置いた。

「私の持っているのはこれだけだ」

するとソフィアが言った。「このスカーフを持ってお行き。上のほうは井戸の底みたいに寒いからねえ」そして、シモンの首にスカーフを巻いてやった。

「準備に手間取るようだな」ペテロは言った。

「日の沈むのを待っているのです、夜の闇にまぎれようというのです」と、ペテロの弟子が言った。

「またな」シモンはそう言うと、ソフィアの額に接吻した。

「さらば」と、ペテロの弟子のひとりが言った。「風邪などひかぬようにな」

突然、シモンは雄鶏のように両足を揃えて跳び上がった、不器用に両手をばたつかせながら。サンダルの下から砂埃が舞い上がった。

「コケコッコー」剽軽者《ひょうきんもの》が叫んだ。それはつるりとした顔の青年で、狡《ずる》そうな目は笑うと二本の斜めの刃みたいに細くなった。

シモンは、そちらをちらと見て言った。

「容易なことではないのだよ、坊や。大地はどんな物体をも引きつける、羽毛さえもだ。重さ四〇オカほどの人間の残骸など造作もない」

ペテロはこの理屈に声をたてて笑うところだったのをやっとの思いで堪《こら》え、笑いを髭に隠した。

「おまえが理屈をこねるほどにも飛べたなら、もう今ごろははるか空の上なのに」と、あの剽軽者が言った。

「確かに理屈をこねるのは飛ぶよりもやさしい、認めよう」シモンは悲しい声で言った。「ほら、おまえでさえぺちゃくちゃやることは知っているが、その哀れな人生で一度だって地面から一メートルも離れたことはなかろう……。さあ、今度は放っておいてくれ、力を集めるのだから、考えを一点に集中させる、全力をあげて考える、地上の生活のひどさを、この世の不完全さを、引き裂かれていく無数の命を、喉をかき切り合う獣たちを、木陰で反芻《はんすう》する小鹿を嚙む蛇を、仔羊を引きちぎる狼の群れを、雄を殺してしまう雌蟷螂《かまきり》を、ひと刺しして死んでいく蜜蜂を、母たちの産みの苦しみを、子供が川に投げ捨てる目の開かぬ子猫を、抹香鯨《まっこうくじら》の腹の中の魚たちの恐怖を、海辺に打ちあげられたときの抹香鯨の恐怖を、年老いて死んでいく象の悲しみを、胡蝶の束の間の喜びを、移ろいやすい花の美しさを、愛の抱擁の儚《はかな》い幻想を、流された精子の恐ろしさを、老いたる虎の無力を、口中で蝕《むしば》まれていく歯を、森に積もる無数の枯れ葉を、母鳥に巣から押し出される生まれたばかりの雛鳥《ひなどり》のおののきを、燃えさかる火に焼かれるように太陽に焼かれる蚯蚓《みみず》の地獄の苦しみを、恋の別れの痛みを、らい病を患う者の恐ろしさを、女の乳房の恐るべき変容を、傷を、盲人たちの痛みを……」

そして、突然、魔術師シモンのいずれ死すべき肉体が地面を離れていくのが見えた。まっすぐに高く高く昇っていく、両手をかすかに、魚が鰭《ひれ》を動かすように、ほんの少し、ほとんど見えないくらい動かしていたが、髪の毛と髭はそのゆるやかな飛翔に、その遊泳に、揺らめいていた。

あたりは急に静まり返り、叫び声ひとつ、溜息ひとつ、聞こえなかった。群衆はまるで石になったように立ちつくし、目を空に向けていた。盲人たちさえ、虚ろな白目を天に向けたが、それは急にあたりを包んだ静けさに、何が起こったのか、皆がどこに目をやったのか、どちらに首を向けたのかを察したからだった。

ペテロもまた、驚きのあまり、ぽかんと口を開けたまま、化石のように突っ立っていた。ペテロは信仰の奇跡のほかは奇跡を信じていなかったし、奇跡はただ主の許から、唯一の魔術師、水を葡萄酒に変えた魔術師の許からしか起こりえないものであった。そのほかはみんな手品師のペテンであり、目に見えない紐の仕業なのだ。奇跡はキリスト者だけに授けられている、そしてキリスト者の中でも、主の信仰のように、石のごとく堅い信仰をもつ者だけに。

一瞬たじろいだペテロは、錯覚——これが錯覚ではなく、エジプトの市場の魔法でもないとすれば、いったい何だというのか——を恐れて目を擦《こす》ると、ついさっきまで魔術師と呼ばれるシモンの立っていた場所（つまり、今も立っているはずのところ）に目をやった。だが、そこに男の姿はなかった、そこにあるのは蛇のようにとぐろを巻いたあの麻縄と、ゆっくりと降りてくる砂埃、シモンが切り取られた翼のように手をばたつかせながら、不器用な雄鶏よろしく跳ね回っていたときに巻き上げた砂埃ばかりであった。それから、群衆が顔を向けている方角にゆっくりと視線を上げると、ふたたび魔術師の姿が目に入った。シモンの影が白雲の下にくっきりと見える。今度は、何か大きな鷲に似ていたが、それは鷲ではない、それは人間だった、人間の手や足も、人間の頭も、まだはっきり見えていた、ただ、正直言って、雲に近づきつつあるその人間が魔術師と呼ばれるシモンその人であるかどうかは、顔の輪郭がもはやはっきりしなかったので、断言できなかった。

　ペテロはその白い雲を眺めていた、民衆がひとり残らずまどわされた錯覚を振り払おうと目をぱちぱちさせながら。雲と空に近づいていくあの黒い影がシモンだとすれば、主の奇跡とキリスト教の真実は唯一ではなく、この世の真実のひとつにすぎない。ならば、この世は謎であり、信仰は欺瞞であり、もはや彼の人生には確かな支えはなく、人間は謎の中の謎であり、世界の唯一性と創造は未知だということになる。

　魔術師シモンの死すべき肉体であるはずのものは――我と我が目を信じるとすれば――今や雲のあたりに達していた。一瞬視界から消えた黒い染みは、今ふたたび、低い雲の白を背景にはっきり形を現わし、それから白い靄《もや》の中に忽然と消えた。

静寂が続いたのは一瞬で、それから群衆の中から感嘆の吐息が漏れ、そして人々は地にひれ伏し、我を忘れて身体を揺すり首を振った。ペテロの弟子の中にさえ、新しい異教の奇跡を目の当たりにして頭を垂れる者があった。

そのとき、ペテロは目を閉じて、ヘブライ語で（聖人のあいだではこの言葉がいちばん自然だったのだが、群衆に知られぬためでもあった）、声に出して次のように祈ったのだ。

「天にまします唯一の父よ、地上の偽りに欺かれた我が感覚を救いたまえ、我が身を幻覚と欺瞞から引き離すため、目には鋭い視力を、理性には聡明さを授けたまえ、神への信仰と救い主なる御子への愛のうちに揺らぐことなくとどまるように。アーメン」

すると、神はペテロに言った。

「私の教えにしたがいなさい、ああ信ずる者よ。民に告げなさい、信仰の力は幻覚に勝ると、皆に聞こえるよう声を大にして告げなさい。また民に告げなさい、皆に聞こえるよう大声で。神はひとつ、その名はエロヒム、神の御子もひとつ、その名はイエス、そして信仰はひとつ、キリストの教えであると。おまえの目の前で空へと飛び立った者、魔術師と呼ばれるシモンは、背教の徒、神の教えを冒す者で、まことに自らの意志の力と自らの思いの力によって飛び立ち、今なお姿の見えないまま星に向かって飛んでいる、猜疑心と人間らしい好奇心に運ばれて、だが、それにも限りがあるのだ。また民に告げなさい、皆に聞こえるよう大声で、あの者に試みの力を授けたのもこの私である、あの者の力と強さは私から出ているのだと。なぜなら、その者にキリスト者の心をその奇跡で試すことを許し、私を離れては奇跡もなく力もないことを示そうとしたのだと。民にそう告げなさい、恐れることはない」

ペテロは目を開くと、蠅の群がる乾燥した糞を積んだ山にのぼり、あらんかぎりの声で叫びはじめた。

「皆のものおおお、よおく聞けえ」

だれもペテロに注意を向ける者はなかった。民は埃に顔を埋めるようにして横たわっていた、炎天下に茂みの陰に横たわる羊のように。

ペテロはもう一度、声を張り上げて叫んだ。

「サマリアの民よ、私の告げることをよおく聞けえ」

頭をもたげる者があった、それはまず盲人たちだった。

「おまえたちは見たものを見た、だが、それは錯覚の犠牲となったのだ、あの魔術師の苦行者は、エジプトで学んだというが……」

「あの人は約束を守った」と、ソフィアが言った。

「十まで数えるあいだに」女には目もくれず、ペテロは言葉を続けた。「あの男の身体はあれほど嫌っていた地上に真っ逆さまに落ちてくる、おまえたちの足元に石ころのように落ち、もう二度と埃から起き上がることもない……唯一の神がそう望みたもうたのだから……。一……」

「それでもあの人は飛んだ」と、ソフィアが言った。「魔術師である証しを立てた」

「二……」

「たとえ落ちても、あの人は勝った」ソフィアは言った。

ペテロは数を数えながら、目を閉じていた、まるで時間かせぎをしようとしているみたいに。

それから、群衆の悲鳴を聞いて目を開いた。あの男が先ほど姿を消したその同じ場所に、雲間からひとつの黒い点が現われ、それがどんどん大きくなってくる。魔術師シモンの身体は、その縦軸と横軸を中心に回転しながら、地面に向かって石ころのように落ちてきた。魔術師は手足をばたつかせ、ぐんぐん大きくはっきり見えるようになった。群衆は急に四方八方に逃げはじめた、きっと雲から真っ逆さまに落下してくるその物体がだれかの上に落ちたりしないかと恐くなったのであろう。

それからは、何もかもがあっと言う間だった。湿った砂をいっぱいに詰めた袋が荷馬車から落ちるように、それとも鷲が空の高みから取り落とした羊のように、魔術師シモンの身体が地面にどしんと落ちたのだ。

最初に駆け寄ったのは、シモンの忠実な付き人だった遊び女《め》のソフィアであった。彼に贈ったスカーフでその目を覆ってやろうと思ったのだが、そうする気力もなかった。なぜなら、恐ろしい光景を見て目をつぶらずにはいられなかったからである。頭蓋骨は砕け、手足は折れ、顔はつぶれて血にまみれ、腸は屠《ほふ》られた牡牛の臓物のように散乱し、そうして男は地面に横たわっていた。地面には粉々に砕けた骨とずたずたの肉片が山をなし、彼の外套、彼のサンダル、彼のスカーフは骨や肉と混ざり合い、恐ろしいべっとりとした塊になっていた。

その光景を見ようと近寄った者は、ただ女が何かを呪うような声でこう言ったのを耳にしただけであった。

「これもあの人の教えの真実の証しなのさ。人の人生は転落と地獄、この世は暴君の手のうちにある。暴君の中の暴君、エロヒムに呪いあれ」

そう言うと、大声で泣きながら荒れ地へと向かっていった。

2

異説によると、魔術師が挑んだのは第七の天ではなく、最大の幻影である大地だったという。

つまり、シモンは、オリーブの巨樹の木陰に仰向けに横たわっていた、両手を枕にして、目は空を、「恐ろしい天」を見つめていた。かたわらには遊び女が坐っていたが、キリスト教徒の論者の記したところによれば、「子を宿した牝牛のように足を広げていた」という（その男が自分自身の証言を伝えているのか、その場を目撃した者の言葉を引いているだけなのかは定かでない。ただの思いつきかもしれない）。けれども、オリーブとその薄い木陰だけが、シモンの奇跡についてのこの風変わりな話の中で、繰り返された証言に基づく、唯一確かな事実なのである。さて、どういう巡り合わせか、ペテロはそこに従者とともに現われた。弟子のひとりが、ソフィアのあられもない姿にそそられたにちがいない、その誘惑を逃れるように顔をそむけたまま、シモンに尋ねた。地に種を播き天で穫り入れるのがよいか、それとも種を風に播いたほうがよいか――明快な解答を求めるスコラ派的質問であった。

シモンは肘《ひじ》をついたまま、立ち上がりもせず、肩ごしに答えた。

「どの地であっても地は地であり、人がどこに種を播こうと同じである。男と女が混じり合うとき、それが本物の交わりである」

「どの男とどの女でもと言うのか」ペテロはひっくり返らんばかりに驚き、尋ねた。

「女は幸いの壺である」と、シモンが言った。「おまえは、どこの間抜けもそうだが、冒瀆で穢《けが》されぬように耳を塞《ふさ》ぎ、答えの見つからぬときは目を逸らすか逃げ出すかするんだ」

神学上の長い論争がこれに続く――エロヒムについて、罰について、悔い改めについて、人生の意味について、禁欲について、霊と肉体について、スコラ派的な証拠やヘブライ語、ギリシア語、コプト語、ラテン語の引用が混じり合っていた。

「魂はアルファでありオメガである」と、ペテロは言葉を結んだ。「神の喜びたもうものこそ善きものである」

「行ないそのものには善いも悪いもない」と、シモンは言った。「道徳を定めるのは人であって神ではない」

「憐れみの行為は永遠の保証である」と、ペテロは言った。「奇跡はまだ疑っている者のための証しである」

「おまえたちの神は乙女の傷を癒すことができるか」シモンは尋ね、自分の付き人に目をやった。

「神には霊の力がある」ペテロはそう言ったが、その質問に面食らったのは明らかだった。

ソフィアは意味ありげに微笑んでいた。

「それでは、言ってみれば、肉体の力はあるのか」と、シモンは言葉を続けた。

「ある」ペテロは迷わずに言った。「らい病を癒した者、それから……」

「……水を葡萄酒に変えた者、エトセトラ、エトセトラ」シモンはペテロの言葉を遮った。

「そうだ」と、ペテロは続ける。「主の御業は奇跡を行なうこと……」

「あの方の業は大工だと思ったが」シモンが言った。

「そして憐れみを施すことである」と、ペテロは言った。

ペテロがあまりにも頑固で、しかも執拗にイエスの奇跡を引き合いに出すのにすっかり腹を立て、とうとうシモンは言った。

「おまえたちのそのナザレ人《びと》のように私も奇跡を行なえるのだ」

「言うはやすし」ペテロは言葉を返したが、声は震えていた。

「そいつはエジプトの市場でさまざまな技を覚えたのです」と、ペテロの弟子のひとりが言った。「騙されぬよう用心しなくては」

「おまえたちのナザレ人《びと》——何という名前だったか——あれもエジプトの魔術を覚えることができたのだ」と、シモンは言った。

「奇跡は幾度も起きている」と、ペテロは言った。

「私を地中六尺の深さまで埋めるがよい」シモンは少し考えてからそう言った。「三日の後には甦ってみせよう、おまえたちのあの……」

「イエスだ」と、ペテロは言った。「何という名前か、おまえもよく知っているだろう」

「そう、そいつだ」

弟子のひとりが近くの村へ馳せていき、谷に井戸を掘ったという職人たちを連れてきた。肩にはシャベルや鋤《すき》や斧を担《かつ》いでいた。その後を村中の者が追ってきた、動くことのできる者はだれもかれも。エジプトの魔法使いが現われて奇跡を行なうという話は、すぐにあたりへ伝わった。

「六尺の深さだ」シモンは繰り返す。

職人たちが仕事に取りかかると、しばらくして表面の砂地は大きめの石に代わり、それから乾いた赤味を帯びた土になった。シャベルが粘土を放り出すと、そこには根の跡が見えた。鋭い刃に切られて蚯蚓が身をよじり、熱い火に焼かれるように太陽のもとで悶えている。

ソフィアはだんだん深くなってゆく穴のかたわらに言葉もなく立っていた。そのあいだシモンのほうは——井戸を掘るか新築の家の礎石を置く一家の主のように——職人たちに指図をし、穴の幅と長さの歩幅を測ったり、麻縄を底に下ろしたり、指で砂や土をつぶしたりしていた。

箱ができ上がると——香り高い杉の木を粗く削った板は、木釘でとめられていた

――ソフィアは自分のスカーフを取ってシモンの首に巻いてやった。

「下のほうは井戸の底みたいに寒いからねえ」と、言った。

シモンはそのとき、急に女から離れると、箱の板を手でつかんで揺さぶった、作りがしっかりしているかどうかを確かめたいとでもいうように。それからするりと箱に入り、底に身を長々と横たえた。

職人たちが近寄って、シモンの合図で、大きな釘を手斧で打ち付けた。ペテロは弟子のひとりになにか耳打ちした。弟子は近寄って釘を調べると、頷《うなず》いてみせた。

ペテロがかすかに震える片手を挙げると、職人たちは箱の下に縄を通し、それから注意深く穴の中へ降ろした。ソフィアはわきに立っていた、身じろぎひとつせず。土が箱の蓋に落ちはじめた。大太鼓を叩くような音が聞こえ、じきに遠のいていく。やがて、穴のあった場所に、大きな棕櫚の木の近くに、砂丘に似た塚ができ上がった。

ペテロは塚にのぼり、天に向かって両手を挙げ、何か祈りをぶつぶつ唱えはじめた。目を閉じて、ちょっと首をかしげるようにしているのが、何か遠い声に耳を傾けている人のような印象を与えた。

風がすでにその日のうちに、素足やサンダルの跡を刻々と変わる砂の面から消し去った。

三日の後、それは金曜日だったが、墓が掘り返された。集まった者は穴に埋めるときよりも多かった。魔術師、苦行者、手品師のことは、遠く離れた地方にも伝わっていたのである。ソフィア、ペトロとその弟子たち、それに審判たちは皆に優先され、穴のすぐ近くにいた。

まず強烈な臭いが鼻を突いた、まるで地獄から臭ってくるようだ。それからじきに、掘り返された土から、まるで錆《さ》びたように黒ずんだ箱の板がのぞいた。職人たちが釘を抜き、蓋を持ち上げる。魔術師シモンの顔は崩れた肉塊のようで、眼窩《がんか》には蛆虫《うじむし》が這っていた。ただ黄ばんだ歯だけが突き出ていて、痙攣を起こしたようにも笑っているようにも見えた。

ソフィアは両手で目を覆って悲鳴をあげた。それから急にペテロのほうを向き、ペテロがぞっとするような声でこう言った。

「これもあの人の教えの真実の証しなのさ。人の人生は転落と地獄、この世は暴君の手のうちにある。暴君の中の暴君、エロヒムに呪いあれ」

群衆はソフィアに道を開けてやり、女は静かになった人の群れのあいだを抜けて、声をあげて泣きながら荒れ野へと向かっていった。

彼女の死すべき肉体は売春宿に戻り、その霊は新たなる幻に乗り移った。

死後の栄誉

一九二三年か二四年の出来事である。場所はハンブルクだったと思う。株式市場の大恐慌があって、貨幣価値が目の回るほど下がった時代だ。港湾労働者の日当が一七〇億マルクで、少しましな娼婦はその三倍ものサービス料を請求していた（ハンブルク港の船員たちは「小銭」を段ボール箱に詰めて小わきにかかえていたものだ）。

港に近い桃色の小部屋の一室で、マリエッタという名の娼婦が、肺炎がもとで急死した。船員であり革命家だったウクライナ人のバンドゥラは、「愛に燃え尽きたんだ」と言った。バンドゥラには女の神聖な肉体を月並みなものに結び付けることはできなかったし、それに肺炎は「ブルジョアの病気」だった。「火炙《ひあぶ》りの刑になったみたいに燃え尽きたんだ」と、言っていた。あれからもう五年近く経つのに、バンドゥラの声はそのときから、しわがれてくぐもった声になったままで、咳で息がつまりそうな話し方だった。それはアルコールのせいばかりではなかった。もっとも、本当のところ、バンドゥラはその当時すでに廃人同様で、身内からも見放され、浅瀬に乗り上げ錆びて朽ち果てていく巨船にそっくりだった。

「くよくよするなよ」と、バンドゥラは喉をぜえぜえさせながら言った。「あんなに心から惜しまれて死んだ娼婦はこの世にゃいないぜ……。それにあれほど手厚く葬られたやつもいないんだ」

マリエッタの野辺送りのときには、温室の花はすっかり略奪され、郊外の邸宅の庭は踏み荒らされて、犬は夜通し鳴き続け、マスチフやシェパードは茨の冠のような首輪から逃れようとして吠え合った。ぴんと張った針金に沿って重たい鎖の輪が滑る。歴史上の奴隷という奴隷の鎖がすべてがちゃがちゃと音をたてているようだった。だが、それに気づく者はなかった。プロレタリアの歴史のように巨大な病歴を病んだ骨の中にかかえた、老い疲れた庭師でさえ、思いもよらなかった。その夜、ある小さな地方革命が起こったのだ。ハンブルク港の船員たちは金持ちの館をたちまちにして占拠した。そしてこのル・アヴールやマルセイユやアントワープのプロレタリアの子供たちは、夜陰に乗じ、鋭いマドロスナイフでグラジオラスを根元から切り取り、ナイフで切る値打ちもない小さな草は、破れた長靴で踏みつけていった。公園や広場は、その晩、「野蛮にも踏みにじられ」、市営庭園も、同じ目にあった。「かかる蛮行は疑いもなく、無政府主義の傾向をもった者や心ない花の密輸業者によるものである」と、新聞は報じた。「警察から二歩と離れていない」市議会前の広場も、同じ目にあった。

マリエッタの墓に捧げられたのは紅薔薇や白薔薇の花束、切り口も鮮やかな笠松の枝、チューリップに菊、月下香、空色の紫陽花、あの放蕩の花、デカダントなセセッション風のアイリス、ヒヤシンスに夜の花と呼ばれる高価な黒チューリップ、無垢と最初の聖餐式の花、屍蠟《しろう》のような百合、散り際に香る紫のリラ、いやしい紫陽花にぶざまなグラジオラス（これがいちばん多かった）などである。淡い白や淡い紅色をした、聖人のような、天使のような、剣と薔薇の伝説を内に秘めたグラジオラスは、すべて腐敗した富の象徴で、金持ちの涼しげな邸宅の象徴だった。死人のように生い茂るグラジオラスは、疲れた老庭師の汗水や薔薇の形の撒水器の水、掘り抜き井戸の人工雨が撒《ま》かれ、天災から守られて異常に繁茂している。実もつけぬ花は、伊勢海老の螯《はさみ》にも似た節ばった不思議な構造をもち、蠟のような襞《ひだ》があって、触角もどきの雄しべや糸で縫い付けられた刺《とげ》のような蕾《つぼみ》をしている。それなのに、何の香りもなく、魚の臭いさえしない。ぶざまに生い茂っているのに、自らはほんのかすかな芳香を絞り出すこともできない。野の菫の花ほどにも。その色とりどりの植物の花火の王冠は、植物園から盗んできた木蓮の枝で、皮のような葉の茂る枝先にひとつずつ白い大きな花をつけていて、同志バンドゥラが港の娼婦になぞらえた（彼らしく大げさに）、あの「良家の娘」たちの髪を飾る絹のリボンのようだった。難を免れたのは墓地だけだったが、それはバンドゥラが「船員諸君、港湾労働者諸君、彼女を愛したすべての諸君」への呼びかけの中で、生花だけを要求し、疑いもなくほとんど神秘的な霊感を帯びて、墓を冒瀆することをはっきりと禁じたからだった。私には、バンドゥラの考えの流れを、おおまかになら再現することができると思う。「死を欺《あざむ》くことはできない。花には花の弁証法的な軌道があり、人間と同じように、生物学的な周期がある。開花から朽ち果てるまで。プロレタリアには、紳士がたと同じ死後の栄誉を受ける権利がある。娼婦は階級差の産物である。娼婦は（だから）良家の娘と同じ花を受け取って当然なのだ」云々。

バンドゥラを先頭に黙々と進む葬列は、赤と黒の旗を、町外れの労働者街まで来てようやく高く掲げ、旗は風にひるがえり、炎の赤と夜の黒のように不吉にはためいた。それは花言葉にも似た象徴だったが、社会的文脈をまったく欠いていたわけではなかった。

富める者の墓と貧しき者の墓の境に沿って、バンドゥラは、少しふらつきながら、黒い大理石の高い台にのぼり（青銅の天使がずっと昔に死んだ少女の像の上に花輪を掲げている）、帽子を取ってしんと静まり返った船員や厚化粧の娼婦の群れを前に弔辞を述べた。マリエッタの一生を、手短に、図式的に語ったのである。洗濯女を母に、マルセイユ港で飲んだくれの仲仕として生涯を終えたろくでなしを父として生まれたプロレタリアの子の苦しい一生を。船員で革命家のバンドゥラは、喉をしめられたようなしわがれ声で、その弔辞を、ある不幸な一生の悲しい収支決算を、社会的な不公正と階級闘争の枠組に収めようとして、バクーニンでも読むように憎悪の言葉を口にするうちにも、その一生の生き生きとした場面が、古いアルバムのページを繰るように、次々と心の中に浮かんでくるのを禁じえなかった（そして、知らぬ間に、自分自身の子供時代の思い出もその場面と混じり合ってしまったのだと思う）。どこか病的に薄暗い、煙草の煙や葡萄酒とアニス酒の臭いに満たされた地下室のアパート。家族の喧嘩、殴り合い、叫び声、むせび泣きといった重苦しい情景。束ねた新聞紙の火で焼かれる南京虫。南京虫がぱちぱちとはじけるあいだ、鉄製の軍用ベッドの、すでに煤だらけになった継ぎ目や溝を炎が嘗《な》める。晩には、揺らめくランプのもとで、猿の毛繕《けづくろ》い。子供たちが互いに頭のてっぺんをのぞき込み、金髪や黒髪の根元にシラミの卵の塊を探している。洗濯で、ヒメジを煮たように赤く腫れた母の手……。

開かれた墓穴を前にバンドゥラが話すのを時に中断するものといえば、ただ年老いた娼婦たちの短いヒステリックな嗚咽《おえつ》（この女たちほど肉体の移ろいやすさや崩壊の恐ろしい悲劇を痛々しく感じる者はあるまい）と、港湾労働者たちのくぐもった咳ばらいや洟《はな》をすする音しかなかったが、バンドゥラにはそれが本当に咳なのか、それとも船員らしいこらえ泣きなのか、男の噓泣き、自分も弔辞を述べながら使ったあの溜息と涙の代用品なのか、よくわからなかった（自分の声を他人の声のように聴いていた、きいきい軋む蓄音機から流れる声を聴くように、そして心の中ではあの古いアルバムのページを繰るのだった、時を追って、マリエッタと初めて会ったときから）。

マリエッタを見かけたのは一九一九年のある晩、ハンブルク港で、ちょうどフランケン号から下船したときだった。灰色の、十一月の夜は更けて、街灯が靄《もや》の中でまたたいていた。次の日には港の居酒屋で組織に連絡を取らなければならず(合言葉が決まっていた)、それまでだれにも気づかれてはいけないし、態度や話し方や行動や見かけなどあらゆる点で、その日に上陸した数百人、数千人の船員と違った様子があってはならなかった。バンドゥラは、酔っ払いの船員や、酔っ払いの船員になりすました、しらふの密告者たちに混じって『人形通り』を歩きながら、暗い光で照らされた桃色の部屋を低い窓からのぞき込んでいた。わきに置かれたランプには赤いシェードがかかっていて、まるでフランドル派の巨匠の絵のように、紫のインテリアに囲まれた、貴婦人の肖像を照らし出している。そこにはデカダントなアイリス、あの放蕩の花の描かれた衝立《ついたて》があって、「手洗い」を隠していた(秘密めいたところが、いっそう人の心を引くのだ、ドレスの襞やスリットが人の気を引くように)。錦張りの固いトルコ風の、船のようにがっちりした長椅子――ああ、バンドゥラはそんな道具の配置をマリエッタに出会うずっと前から知っていたのだ――、ぴかぴかの白いマジョルカ焼きの洗面器、高い把手のついたすらりとした水差し。桃色のランプの光は衝立のつやのある布に反射し、アイリスの色が濃くなっている。飾り窓の真ん中の、椅子に張られた赤い錦の色もまた濃くなっていて、そこに貴婦人は坐っている。女は観る者のほうを向き、半ば横顔を見せるようにしており、そのドレスの襞にはランプの赤い光が屈折している。脚を組み、手には編み物を持っている。編み針のきらめき。ひと房の長い髪がむき出しの肩にかかり、半裸の豊かな胸までとどいている。もうひとりの貴婦人は、隣の飾り窓で、聖書を読む見習いの修道女のように本を手にしている。炎のような赤毛に顔が少し隠れ、眼鏡のレンズに明かりが反射している（見物人がもう少し近寄れば、大文字で印刷された書名が見える。『モンテ・クリスト伯』）。白のレース襟のついた地味な色のドレスを着て、この兵隊相手の娼婦はどこかハイデルベルクの女学生を想わせる……。それから彼女、マリエッタに目がとまった。他の女たちのように、脚を組み、心持ち腰を突き出すように坐り、煙草を手に、明るい色のサテンのドレスを着ていたが、その女の物腰、その女の姿態、淡い桃色の光の中で、水槽に潜っているように見えるそれには（すべての船乗りの永遠の人魚）、たちまちバンドゥラを魅了するものがあった。

　女の部屋に足を踏み入れ、女が重い緑のビロードの窓のカーテンを引き、その温かい手を彼のシャツの下に入れたとき、彼は初めて理解した。マリエッタにはどんな役柄も向いていなかった――主婦も、編み物女も、女学生も、修道女も――マリエッタにだけは面倒な、時間をかけて稽古した振り付けも不要だった。彼女は生まれながらの、類《たぐい》まれな、港の娼婦だったのである。

「すべての港の船員を愛し、その力になったのです」──開かれた墓穴を前にバンドゥラは、集会でするように声を張り上げた──「肌の色にも人種にも宗教にも偏見をもちませんでした。罪の皇帝ナポレオン・ボナパルトに言わせれば、『小さいが美しい』彼女の胸は、ニューヨークの水夫の汗ばんだ黒い胸に抱かれ、マレー人の黄色くすべすべした胸に抱かれ、ハンブルクの港湾労働者の熊のような手やアルバート海峡の大角鹿のような男たちの入れ墨の胸に抱かれ、彼女の百合のようなうなじには、普遍的な人類愛の印として、マルタの十字架、磔刑像、ソロモンの星、ロシアのイコン、そして鮫《さめ》の歯やマンドラゴラの根を象った魔よけが圧し当てられ、彼女の柔らかな股のあいだを熱い精子の川が流れ、温かな膣の中へと注いでいったのであります、すべての船員の母港のように、あらゆる川の河口のように……」

バンドゥラは自分の声に耳を傾けている、遠く冷たい声に、そしてその声の中にマリエッタの一生の光景が浮かんでくる、もはやはっきりと時の流れを追うこともなく、まるで風の吹くままにアルバムのページがめくられるように、まるで何もかも彼、バンドゥラが、自分の目で見ていたかのように（マリエッタは愛の抱擁の後、本当に好きな男のかたわらで──この心優しい革命家はそのひとりだった──懺悔《ざんげ》でもするように自身について語ることがあった。彼女は不思議な郷愁をこめて思い出を語るのだった、まるでその残酷な、忌まわしい事件ばかりの話がそれ自体は取るに足らないことで、大切なのはそれがずっと昔のことで、あのころ、彼女は若かった、ほとんど子《プレスク・ユナンフ》供《アン》だったという事実なのであった）。ある謝肉祭の宵に胸の悪くなるようなギリシアの小男に手を引かれていく彼女が見える、青ざめて、どこかの子供みたいにビールの泡を飲んで、少し酔っている彼女が。おとなしい、腹を空かせた動物のように、港に向かうマルセイユの狭い下り坂をギリシア人についていく。それから、港の倉庫に近いどこかの暗い家の階段をのぼっていく、太い船綱の手摺りをつかむ手を引きずるようにして。それから、いつも同じ漠然とした怒りをこめて、心の中で追っていく、彼女がしっかりした足取りで三階の扉に向かうのを（ギリシア人は階段の下に彼女を励ますように立っている）。場面はそれからマルセイユの通りへと移り、マリエッタはめかし込んで石壁にもたれるように立っている、病んだ鳥のように、片足で身体を支えて……。

「ここにいる我々は皆、同志諸君《カメラーデン》」と、バンドゥラは言葉を続ける。「我々は皆ひとつの大家族の一員であり、同じ女の恋人であり、婚約者であり、つまりは夫であり、同じ貴婦人に付き添う騎士であり、同じ泉で喉をうるおし、同じ瓶からラム酒を飲み、酔っては同じ肩にもたれて泣き、緑の衝立の陰の、あの同じ洗面器に吐いた、同じ穴の兄弟なのであります……」

バンドゥラのしわがれ声が黙ると、船員や港湾労働者のごつい手の投げる最初の土くれが棺桶の蓋を打ちはじめた。彼らは、まるで巨大な魚のはらわたに塩を振るみたいに土を細かく砕くのだった。開けられた墓穴の上では、今はただ野辺送りの旗となった赤や黒の旗の絹地のはためく音が聞こえていた。それから土はシャベルで墓穴へ落とされ、棺桶に当たってばらばらと鈍い音をたてた、愛の抱擁の後で女の乱れた心臓に耳を当てたときのように。花はまず一輪一輪、次いでひと束ひと束投げ入れられたが、ついにはひとかかえずつ投げ込まれるようになり、人から人へ、手から手へと渡していくそれは、まるで村総出の花刈りのようだった。それは小会堂からその貧民墓地まで続いたが、そこから急に十字架の数が減り、御影石《みかげいし》の墓や青銅の碑に代わって、石の墓標や朽ち果てた小さな木の十字架となる。そして、何が彼らにバンドゥラの命令に背《そむ》かせたのか、本能か、酔いか、痛みか、階級憎悪か、それともジャマイカ産のラム酒か、それを知ることはけっしてだれにもできないだろうが、とにかく革命的な不服従の奇跡、理由なき反抗の嵐が起こったのである。船員と港の淫売たち、このたくましい種族は、怒りと熱狂に駆られ、涙を流し歯軋《はぎし》りして、紳士がたのグラジオラスを引き抜き、薔薇の茎で掌《てのひら》を血に染め、チューリップを球根ごと引き抜き、カーネーションを歯で食いちぎり、それらをみんなひとまとめにして、人から人へ、手から手へと渡しはじめた。それはほどなく花と緑の丘となり、チューリップと紫陽花と薔薇の山となり、グラジオラスの納骨堂となった。そして、まだ新しい塚の上に立てられた十字架と塚そのものがその巨大な山の下に消えてしまったが、そこには盛りの過ぎたリラの花の、独特の腐ったような匂いがしていた。

　警察が出動したときには、墓地のなかの上流の人々の墓のある一画はすでに草一本なく、地元紙によれば、「まるでこの陰気な場所を蝗《いなご》の大群が通ったかのように」食い荒らされていた（「赤旗《ローテ・ファーネ》」紙は無署名の記事を掲載し、二十人ほどの船員を逮捕、追放した警察の冷酷さについて書いている）。

「帽子を取れよ」と、バンドゥラは話し相手に言った。ヨハン、いや、ヤン・バルテインといったか（そんな名前だったと思う）、その男は思いがけず襲ってきた痛みの中でマリエッタの顔を思い出そうとしている。彼女の華奢《きやしや》な身体と圧し殺したような笑い声ばかりが思い出される。それから一瞬、彼女の微笑み、彼女の面影が意識のうちに浮かぶが、それもたちまち消えてしまった。

「くよくよするなよ」と、バンドゥラは言う。「どんな良家の娘だって、こんなに心から惜しまれて死んだ娘はないぜ。それにあれほど手厚く葬られた人もいないんだ」

死者の百科事典（生涯のすべて）

Mのために

去年、あなたもご存じのように、演劇研究所の招きでスウェーデンに行ってまいりました。ヨハンソン夫人とかいう方、そうクリスティーナ・ヨハンソンさん、この方が私の案内と指導を担当してくださいました。五つか六つ劇を観ましたけど、中でもいちばん面白かったのは、囚人のためにベケットの『ゴドーを待ちながら』をやっていて、それが大成功だったことです。十日間が過ぎて家に帰ってきてからも、まだ夢でも見ているように、その遠い世界に暮らしておりました。

ヨハンソン夫人はなかなかのやり手でその十日のあいだにスウェーデンで見られるもの、私が「女性」として面白がりそうなものを何でも見せたがりました。あの有名な帆船のバーサ号も、そんなわけで忘れませんでした。何世紀も経ってファラオのミイラのようによく保存された形で、海底の泥の中から引き上げられたというものです。

ある晩のこと、国立劇場の『幽霊ソナタ』がはねてから、接待役の夫人は、私を王立図書館に連れていってくださいました。大急ぎで、どこかのスタンドでサンドイッチを食べるのがやっとでした。

もう十一時ごろで、図書館は閉まっていました。でも、ヨハンソン夫人が通行証のようなものを見せると、守衛はぶつぶつ言いながらも、私たちを入れてくれました。鍵のたくさんついた大きな鉄の輪を手にしていて、ちょうど一日前、私たちを中央刑務所の『ゴドー』の上演に通してくれた、あの看守そっくりでした。接待役の夫人はこのケルベロスに私を引き渡すと、言いました。明日の朝、ホテルにお迎えにうかがいますからね、心ゆくまで図書館を見物なさったらいいわ、この方がタクシーを呼んでくれます、必要なときはいつもこの方がおりますから……。こうなると、この親切な申し出を受け入れるほかはありませんでしょう。守衛は大きな扉のところまで私を連れていくと鍵を開け、それから仄暗《ほのぐら》い明かりをつけて私をひとりきりにしました。錠の中で鍵の回る音が後ろで聞こえました。こうして私は、監獄にいるみたいに、図書館の中にいたのです。

どこからともなく隙間風が吹いてきて、地下の酒蔵で仕分けされた古い葡萄酒《ぶどうしゅ》の瓶にかかった蜘蛛《くも》の巣のように、本の並んだ書棚に張られた、汚れたぼろぼろのガーゼのような蜘蛛の巣が揺れています。どの部屋も同じ造りで、狭い通路で結ばれていて、どこにいてもあの風が流れてくるのだけど、どこから吹いてくるのか見当もつきませんでした。

それから思いついたんです、まだ本をじっくり見る前でした（それともそれに気がついたのは三番目の部屋で、ある本の背に「C」の字を見つけたときだったかもしれません）。それぞれの部屋に『百科事典』の文字がひとつひとつ入っているんだなって。これは三番目の部屋です。四番目の部屋の書物には、本当に、どれも「D」の字がついていました。突然、不思議な予感に駆り立てられて、私は走りはじめました。足音が幾重にもこだましてどこか闇の彼方に消えていくのが聞こえました。胸をどきどきさせて、息を切らせて「M」のところまで来ると、はっきりとそのつもりで、中の一冊を開きました。私にはもうわかっていたのです、どこかでこのことについてもう読んでいたのを思い出したんでしょう、これがあの有名な『死者の百科事典』なんだ、と。分厚い一冊を開くまでもなく、たちまち何もかもがはっきりしたのです。

まず私の目にとまったのは彼の写真でした。それは二段に組まれた本文のあいだに、ページの真ん中あたりに印刷された、たった一枚の写真。あなたもご覧になったことのある、私の書き物机の上のあの写真です。一九三六年に撮影された写真で、十一月十二日、マリボール市、彼が兵役を終えたときのものです。写真の下には彼の名と、それから括弧《かっこ》の中に年が書かれています。一九一〇年―一九七九年。

私の大好きだった父が最近亡くなりましたのをご存じですね、小さなころからずっと私がお父さん子だったことも。でも、それをお話しするのはよしましょう。ここで大切なのは、父が亡くなったのは私のスウェーデン行きのほんの二か月足らず前だったということなんです。旅行に出ることにしたのは、かなり、私の身に降りかかった不幸を忘れるためでもあったんです。辛いときにだれもが考えるように、私も考えました。場所を変えれば痛みを忘れることができるかもしれないって。人は自分の内部に不幸をかかえているのに。

ぐらぐらする木製の書棚に肩をもたせかけ、両手に本をかかえて、彼の伝記を読んでいると、時の経つのも忘れてしまいました。本は、中世の図書館のように、太い鎖で書棚の鉄の輪につながれていました。重たい分冊を取り出してもっと明かりに近づけようとして初めてそれに気がつきました。

急に心配になりました。もうすっかり長居したのでケルベロスさんに（私は心の中でこの人をそう呼んでいました）読書はいいかげんにしてくれと言われるかもしれない、そんな気がしたんです。そこで段落の拾い読みを始めました、鎖の長さの許すだけ、電球のわずかな光のほうに、開いた本を向けて。本の縁に積もっているたくさんの埃も、またゆらゆら揺れる黒っぽい蜘蛛の巣も、これらの書物を動かす者はいないということをはっきり示していました。本は、まるでガレー船の囚人のように鎖でつながれていて、そして鎖には錠がありませんでした。

これがつまり、かの有名な『死者の百科事典』なんだ、と心の中で思いました。私はずっと、それは何か古くから伝わる書物、いわゆる「古書」であって、チベットの『死者の書』とか『カバラ』とか『聖者伝』のようなものなのだろうと考えていました。つまり、隠者やラビや修道僧だけが親しむことのできる秘教に関わる人間精神の産物のひとつだろうと。そのとき、これを読むのには夜明けまでかかる、そしていくら読んでも、私にとっても母にとっても、形あるものは何も残らないだろうと悟ると、いちばん大切な事実をいくつか書き写して、父の伝記の要約とでもいうべきものを作ることにしたんです。

　ここに、このノートに書かれていること、これはありきたりの百科事典的データで、私と母以外にはだれにも意味のないものです。名前、場所、日付。大急ぎで、書き取ることができたのはこれだけで、夜明けごろまでかかりました。けれども、この百科事典が世界にも類のないものであるのは、この世に一部しかないということばかりではなく、交友関係、出会い、風景などの描き方のためなのです。人間の生涯を形づくる些《さ》細《さい》な事柄がたくさん書かれているのです。（例えば）父の出生地についてのデータは完全で正確ですが（「クラリエブチャニ村、グリナ町、シーサック郡、バニア地方」）、さらに地理や歴史に関する細々としたことが続きます。なぜって、そこにはすべてが記されているんですから。すべてが。父の生まれ故郷の景色は生き生きと描かれ、読んでいくと、行や段落を拾い読みしていくだけでも、まるでそこに、その景色のただ中にいるような感じがしました。遠い山々の頂きに積もる雪、木の葉を落とした樹々、凍りついた川の上を、ブリューゲルの風景画のように、かんじきを履《は》いた子供たちが渡っていく、その子供たちの中に私ははっきりと彼を見ました、私の父を。もっとも、そのころはまだ私の父ではなく、いつか私の父になる人、私の父だった人というだけですが。――それからその景色は急に緑に萌えはじめます、樹々はいっせいに桃色や白の花をつけ、私の目の前で山査子《さんざし》の花が咲きほころび、太陽はクラリェブチャニ村の上を渡っていき、村の教会の鐘が鳴り、家畜小屋では牛がモーモー鳴き、家々の窓は朝日を映して紅《くれない》に輝いて樋の氷柱《つらら》は溶けていきます。

それから、私は見たのです、まるで私の目の前で起こっているかのように、野辺の送りの行列が村の墓地へと向かっていきました。帽子をかぶらぬ四人の男たちが樅《もみ》の木の棺を肩に担《かつ》いでいく、その葬列の先頭を、帽子を手に歩いていくのは、私の知っている人――この本にもそうあります――、父方の祖父のマルコ、永遠の旅へと見送られていく故人の夫です。ここには彼女についてもいっさいが記されています。病因と死因、生年、病気の経過。何を着せられて葬られたか、だれが湯灌《ゆかん》をとらせたか、だれが瞼《まぶた》にコインを置いたか、だれが顎のスカーフを結んだか、だれが棺の板を削ったか、その木はどこで伐《き》り出されたか、そんなことまで書かれています。こんなことからも、どれほどの情報が『死者の百科事典』に収められているか、この世の旅を終えて永遠の世界へ旅立った人たちについて記録できるかぎりを――疑いもなく客観的で偏《かたよ》ることなく――記録するという、困難で称賛に値する仕事を自らに課した人たちの集めた情報がどれほどのものか、おおよそ、お察しいただけると思います（この人たちは聖書の甦《よみがえ》りの奇跡を信じていて、この膨大なカード目録をまとめてその時の到来に備えているのですから。こうすれば、だれでも自分のいちばん近しい者を見つけるだけでなく、何よりも、忘れていた自分自身の過去を見つけることができるんです。この記録は、そのとき、思い出の大きな宝庫となり、かけがえのない甦りの証しとなるでしょう）。この人たちにとっては、明らかに、こと生涯に関しては、バニア地方の商人とその妻や、村の司祭（私の曾祖父《そうそふ》がそうなんですけど）とチューコとかいう村の鐘つき男のあいだに、分け隔てはありません。ええ、この男の名前も、やはり今お話ししているこの本に出てくるんです。この『死者の百科事典』に収録されるための唯一の条件――私にはそれがピンときました、だってこの考えは確かめるより前にもう私の頭の中に浮かんでいたんですから――、その条件というのは、他のいかなる百科事典にもその名前が出ていないということでした。「M」の巻をぱらぱらやって――この文字だけで千巻もあるうちの一冊ですけど――、一見して目についたことは、著名人の名前がないことでした（それはすぐに確かめました、凍《こご》えた指でページを繰り、父の名前を探しながら）。『百科事典』には、独立の項目としては、マジュラニッチも、メイエルホリドも、マルムベルグもありませんでした。父はマレティッチの文法書で勉強したんですが、そのマレティッチも、父が一度通りで見かけたことのあるメシュトロビッチも、私の祖父が知り合いだった旋盤工のマクシモビッチ・ドラゴスラブも、それからカウツキーの翻訳家で、父が一度カフェ〈ロシア皇帝〉で話をしたことのあるミロエビッチ・ターサも、名前がありませんでした。『死者の百科事典』は、その民主主義的な綱領の中で――まちがいなく聖書の原則のひとつに霊感を受けています――死者の世界の平等主義的なビジョンを掲《かか》げたセクトか宗教団体による仕事で、人間世界の不公平を正して神の創造物すべてに永遠の世界に等しい場所を与えようという狙いがあったのです。じきにわかったんですけど、『百科事典』は歴史や時代のはるか昔の闇には及んでおらず、古いもので一七八九年あたりから始まっていました。この不思議な博識で閉鎖的な組織には、世界中いたるところに支持者がいて、死亡広告や履歴書を、人知れず熱心に掘り起こし、それからデータを作成してストックホルムにあるこのセンターに送っているに違いありません（もしや、と一瞬、私は思いました、ヨハンソン夫人もその信奉者かもしれないと。私をこの図書館へ連れてきたのも、私が自分の不幸を打ち明けたりしたものだから、『死者の百科事典』を見つけて、そこにひと粒の慰めでも見出せればと思ったからではないかしら）。彼らの活動について私が知りうること、想像できることはこれだけです。彼らの秘密活動の理由としては、教会による迫害の長い歴史があるのではないかと思いますし、それにこの『百科事典』のような事典編纂の仕事は、人の虚栄心からくる圧力を避け、買収の試みを防ぐためにも、当然のことながら、ある程度の慎重さが必要なのです。

でも、彼らの活動が秘密であることに劣らず私を驚かせたのは、その文体で、それは百科事典的な精巧さと聖書的な雄弁さの見事なアマルガムなのです。ほら、私がノートに抜き書きしたわずかなデータですが、これが『百科事典』では、数段落の範囲に凝縮されていて、陽の当たる風景が、早送りの絵が、読む者の心に一瞬にして、魔術のように、浮かんでくるのです。ほら、三歳の男の子が晴れた日の陽炎《かげろう》の中を山道を越えて抱かれていく、母方の祖父の家に連れられていく、その背景には、何と呼ぶのかわかりませんが、近景、遠景に、軍隊や、税吏や、憲兵などの姿が見え、遠く大砲の轟く音やくぐもった犬の声がします。そこにあるのは第一次世界大戦の簡潔な年表で、どこかの田舎町のあたりを汽車がガタゴト走り、楽隊がブカブカ鳴り、水筒の口で水がゴクゴク音をたて、ガラスはガチャンと割れ、スカーフがひらひらと振られます……。すべてが独立した節で、それぞれの時期はある種の詩の精髄と暗喩で語られ、必ずしも年代順というわけではなく、過去、現在、未来の時間が何か奇妙に共生しています。そうでなければ、この文章に、コモゴビナの祖父の許で過ごした彼の最初の五年間の「絵本」に、私の記憶にまちがいなければ、「これが彼の生涯で最良の歳月となろう」という悲しい注釈があるのを、どうやって説明できるでしょう。それから凝縮された子供時代の描写が、いわば表意記号にまとめられて続きます。教師、仲間の名前、雨に打たれて喜び輝く顔、川での水遊び、雪に埋もれた丘を滑りおりる橇《そり》、虹鱒《にじます》釣りなど、少年の「最良の歳月」の四季折々、それにすぐ続いて――または、できればそれと同時に――ヨーロッパの戦場からの兵士たちの帰還、少年の手に残る水筒、土手のかたわらに落ちているガラスの割れたガスマスク。そしてまた名前、経歴。寡夫のマルコとコモゴビナ生まれで後にマルコの花嫁となるソフィア・レブラッチとの出会い、婚礼の宴、歓声、草競馬とはためく旗やリボン、指輪交換の儀式、教会の扉の前での輪舞や歌、正装した少年、純白のワイシャツを着て、上着の襟にローズマリーをひと枝飾って。

ここで、私のノートには、ただ「クラリェブチャニ」とだけ書かれていますが、この時期は『百科事典』ではよくまとまった数節にわたって詳しく説明されていて、名前や日付とともに、掛時計の郭公《かっこう》が時を告げ、少年が夢見ごこちで眠りから覚める、起床時間の描写があります。そこには御者《ぎょしゃ》の名前、見送りの近所の人たちの名前、先生の肖像と先生が少年の新しい母親に贈った言葉、牧師さんの助言、村に残ってもう一度手を振り挨拶を送ってくれた人たちの言葉などがあります。

ここには何ひとつ、そう、足りないものはありません、書き落としなどいっさいありません。道の様子も、空の色も、旦那と呼ばれていたマルコの財産目録などは細かなものまで数え上げられています。何ひとつ忘れられていないのです、古い教科書や親切な助言いっぱいの読本、ためになるお話や聖書の寓話なんかの著者の名前まで。生涯のどの時期も、どんな出来事も書かれています、針にかかった魚、読み終えたページ、少年が摘んだ植物の名前、ひとつひとつが。

　さて、次は青年時代の父です、初めての帽子、初めて辻馬車に乗ったこと、夜明けでした。女の子たちの名前やら、その当時歌われていた歌の歌詞やら、恋文に綴られた文章やら、読んでいた新聞やら――青年期のすべてがたったひとつの段落にまとめられています。

　私たちはもうルマの町にいます、ここで父は中学校に通います。『死者の百科事典』が、昔風に言えば、どれほどの物知りか、この例を見ればおわかりになるでしょう。原則ははっきりしています、でもその博識ぶり、すべてを書き記したい、人の生涯を形づくっていたものは何でも書き記したいという欲求、それを目の当たりにして人は息をのむのです。そこには、つまり、ルマの町の簡単な歴史、町の気候の記録、鉄道の分岐点の描写があります、印刷所の名前と当時そこで印刷されていたもの全部、どの新聞もどの本も、旅回りの一座の出し物や巡回サーカスの呼び物があり、煉瓦《れんが》工場の描写……そこで若者が、ニセアカシアの幹にもたれ、少々淫らな愛の言葉を娘の耳元で囁いている（その言葉は全文が出ています）。鉄道、印刷所、『うぬぼれ女』、サーカスの象、シャバッツ行きの支線――すべては、ここで語られている人物を描くために書かれているのでした。ここにはクラスの成績簿の抜粋、評価、図画、同級生の名前が、中学校七年のとき（七年B組）、若者が歴史と地理のL・D先生と衝突するまでずっと出ています。

突然、私たちは新しい町の真ん中にいます、年は一九二八年、若者は学生帽にⅧの徽章《きしょう》をつけ、口髭をちょっぴり伸ばしています（この髭は生涯ずっとたくわえていました。あるとき、わりと最近のことですけど、うっかり切れ目をつけてしまった父は、さっぱり剃り落としてしまいました。それを見た私は、泣きだしてしまいました、だって別の人みたいだったんですもの。泣いたのは、父が死んだらどんなに寂しくなるだろうと、おぼろげながらも、ふと理解したからでした）。彼はカフェ〈都会〉の前にいて、それから映画館に入ると、そこではピアノの音が流れ、スクリーンに『月世界旅行』が映し出されています。それからイェラチッチ広場の広告塔の前で貼られたばかりのポスターを見ている彼の姿があり、そのうちの一枚は――このディテールは珍しいことなのでお話しするだけですけど――クルレジャの講演会の広告なのです。アンナ・エレミヤの名前、母方の叔母で、ザグレブではユリシッチ通りのこの叔母の家に住むことになります、その名前と並んで、父がゴールニ・グラードで見かけたことのあるオペラ歌手のクリジャイの名前があって、それからいつも靴を直してもらっていた「青空靴屋」のイバン・ラブス、そしてねじれパンを買っていたパン屋のアンテ・ドゥティナとかいう人……。

ベオグラードに来るのは、はるか昔の一九二九年、おそらく現在と同じように、サバ大橋を渡って、出会いを楽しみにして。鉄橋を渡る列車の車輪のガタゴトいう音が聞こえます。サバ川はくすんだ緑色に流れ、機関車は汽笛を鳴らしてスピードを落とし、二等車の窓からは父が身を乗り出すようにして、まだ知らない町の遠景を見つめています。肌寒い朝で、霧がゆっくりと水平線上に湧き上がり、蒸気船「スメデレボ」丸の煙突から黒い煙が吐き出され、ノビ・サド市へ向けて出航するばかりの船のこもったような汽笛が聞こえます。

父は、幾度か短い中断はありましたが、かれこれ五十年をベオグラードで過ごして、その生活の総計、一万八千昼夜（四十三万二千時間）の合計が、ここに出ているのです、死者の書の、ほんの五、六ページほどの中に。そして、少なくとも大筋においては、年代順が守られています、日々は時の流れのごとく、河口へ、死へと、流れているのですから。

同じ二九年の九月のこと、私の父は測地専門学校に入学しますが、『事典』はベオグラードにおける測地専門学校創立の歴史を記し、ストイコビッチ校長の就任演説を載せています（校長は将来の測量技師たちに、誠心誠意を尽くして国王と祖国に仕《つか》えてもらいたい、諸君は母国の新たな国境線を地図に書き込むという困難な任務を担《にな》っていくのだから、と話したのでした）。ここで戦死した教師や生徒の名前といっしょに、第一次世界大戦の栄えある戦いとそれに劣らず栄えある敗北の名前――カイマクチャラン、モイコバッツ、ツェール、コルバラ、ドリナ――、それに画法幾何学、製図、歴史、宗教、習字の成績が出てきます。そこにはローサ、つまりロクサンダとかいう名前が現われます、花売り娘で、当時の言葉でいえば、Dj・Mの「仮初めの恋」の相手でした。それからコーヒー店主ボリボエ＝ボーラ・イリッチ、仕立て屋のミレンコ・アザニャ、朝、熱々《あつあつ》のチーズパイを食べに立ち寄ることにしていた店のコスタ・スタブロスキー、そしてクルニティッチとかいう男、この人にはトランプをしては金を巻き上げられていました。次いで彼の観た映画や試合のリスト、アバラ山やコスマイ山へのピクニックの日付、列席した結婚式と葬式と続き、住んでいた通りの名前として、ツェティニェ通り、皇妃ミリツァ通り、ガブリロ・プリンツィプ通り、ペタル一世通り、ミロシュ公通り、ポジェガ通り、カメニツァ通り、コスマイ通り、ブランコ通りが挙げられています。地理学、幾何学、面積測定法の教科書の著者名、愛読書『山の皇帝』、『義賊スタンコ』、『農民一揆』、礼拝、サーカスの公演、ソコール体育会の行進、学芸会、絵の展覧会（父の水彩画が一点、審査員から表彰されました)。ここにはまた、学校のお手洗いで初めて煙草に火をつけた日も書き込まれていますが、それはイバン・ゲラシモフという白系ロシアの子に誘われたからです。一週間後には彼に連れられて、当時ベオグラードで名高かった居酒屋に行きました。ジプシーの楽団が演奏し、ロシア人の伯爵や将校がバラライカやギターの音色に涙するのでした……。書き漏らしたことはひとつもありません。カレメグダン城址での記念碑の除幕式、マケドニア通りの角で買ったアイスクリームによる食中毒、卒業試験でよい成績をあげたご褒美に父親からもらったお金で買ったダンス・シューズ。

次の節ではもう彼がウジチカ・ポジェガ町へ行く様子が語られています。年は一九三三年、五月でした。二等車で、彼といっしょに汽車の旅をしているのは、不幸なゲラシモフ、ロシア移民の子でした。二人は初めての勤務につくのです。セルビアの国土を測量しています、土地台帳と地図を作製しています、かわるがわる、水準器と経緯儀を運んでいます。頭には麦藁《むぎわら》帽子をかぶって、もう夏で、太陽がぎらぎらと照りつける中を、丘をよじ登っていく、声を掛け合い、大声を出し合って。秋の雨が降りはじめ、豚がブーブー鳴き、鶏が騒いでいます、経緯儀を片づけなければなりません、雷を引き寄せてしまいます。そして夜は、村の教師のミレンコビッチ先生のところでプラム・ブランデーを飲む、丸焼きの肉が回る、ゲラシモフはセルビア語とロシア語でかわるがわる悪態をつく、ブランデーの強いこと。かわいそうにゲラシモフは肺炎がもとで同じ年の十一月に死にます、彼の死の床に立ち会って譫言《うわごと》を聞くことになるのはDj・Mでした。彼の墓前に立つのも彼です、首を垂れ、帽子を手に、人の命の無常を想いながら。

さて、その読み物のうち私の記憶に残ったもの、あの夜、いえ、あの朝に、凍《こご》えた指で、急いで書きつけたメモに残ったもの、それがこれです。まる二年のあいだ、一見なんの変化もない年でした。Dj・Mは、義賊の暦の、五月から十一月まで、三脚と経緯儀をかかえて山や平野をわたります、季節は巡り、川はあふれてはまた自分の川床へ戻っていき、木の葉は緑に萌えそれから黄色に色づきはじめ、父は李《すもも》の花陰に坐っていますが、やがて軒下に避難します、稲妻に夕暮れの情景が明るく照らし出され、谷間に雷鳴がこだまします。

時は夏、日差しは焼けつくようで、私たちの測量技師は（今度はドラゴビッチという人がいっしょです）、正午に、ある家（通り、番号）に立ち寄り、扉を叩き、水を求めます。家からはひとりの娘が出てきて、冷たい水の入った水差しを差し出します、まるでどこかの民謡にあるように。これが、この娘が――もうお気づきかもしれませんが――私の母となる人です。

今また、記憶をたどって、全部そこに書いてあったように、描かれていたように、あなたに繰り返してお話しするのはやめておきましょう――求婚の日とその一部始終、惜しげもなくお金をかけた古式ゆかしい婚礼、そのころの生活の一部だった生きたフォークロアのすべて——何もかも原文に比べたら不完全で断片的でしかないように思われるからです。でも、仲人や客人の名簿とか、二人の結婚式を執《と》り行なう司祭の名前、祝辞と歌、贈り物と贈り主、食べ物と飲み物の目録がそこに引用されていたことは、お話ししておかないわけにはいきません。それに続いて、時の流れにしたがって、十一月から五月までの休止が来ます。新婚の二人がベオグラードに住む期間で、部屋と家具の配置、レンジやベッドや洋服ダンスの値段、そして、似たような場合には、いつも同じで、いつも違う、あの親密さ。なぜなら——それこそ『百科事典』の編者が言わんとするところだと思うのですけど——人間の歴史には何ひとつ繰り返されるものはない、一見同じに見えるものも、せいぜい似ているかどうか、人はだれもが自分自身の星で、すべてはいつでも起きることで二度と起きないことなのです、すべては繰り返される、限りなく、類《たぐい》なく（だから、この壮大な相違の記念碑、『死者の百科事典』の編者たちは個なるものにこだわるのです、だから、編者たちにとっては一人ひとりの人間が神聖なのです）。

　人間の生命は繰り返すことができない、あらゆる出来事は一度限りであるという考えに、編者たちが取り憑かれていなかったなら、どうして戸籍吏や司祭の名前、結婚衣装の描写、それにクラリェボ市のあたりのグレディッチとかいう村の名前を、人間と風土を結びつけるあらゆるディテールとともに、求めたりするでしょうか。なぜなら、父が初めて「現場」に出たときのこと、あの義賊が活躍する季節の五月から十一月にかけて、村に滞在したときのことが、ここには、描かれているのですから。ヨバン・ラドイコビッチの名前（この人の酒場で、夕方になると、測量技師たちはよく冷えた葡萄酒を飲むのです、つけで飲ませてくれるのです）、それが子供の名前――スベトザル――と同じように記録されていました、ステバン・ヤニッチとかいう人の子で、父が名付け親になるのです。それから医者のレウスティックという名前もありました、スロベニア人で、亡命者でしたが、父に胃炎の薬を処方してくれました。それからラドミラ＝ラーダ・マブレバという名前、この女を父が農家の秣小屋《まぐさ》で干し草の中に押し倒すことになります。

父の兵役に関しては、書物には、マリボル市駐屯軍第五歩兵部隊の行軍した道筋が描き込まれています。士官や下士官の名前がその階級とともに記録され、同室の仲間の名前も同じように記入されていますし、軍の食堂の食事の質、夜間行軍で負った膝の怪我、手袋を紛失して受けた懲罰、ポジャレバッツへ転属が決まり馬鹿騒ぎをした居酒屋の名前もあります。

何もかも、そう、見たところ似ていて、すべての勤務、すべての転属は同じように見えますが、あのポジャレバッツの町と七か月にわたる父の兵営生活は、『百科事典』の編者の視点からすれば、特別のことなのです。一九三五年の後半に、測量技師Dj・Mがポジャレバッツの兵舎にいて、二、三か月前、夜間行軍のとき海を見たことを思い浮かべながら、暖炉のそばで地図を描くということは、もう二度と、けっしてないでしょう。

ベレビット山の斜面から、一九三五年四月二十八日、二十五歳にして初めて見た海、その海は啓示のごとく、四十年ほども変わらぬ強さで夢のように心に抱き続けることになるのです、何か秘密のように、語られることのない幻影のように。これほどの歳月の後では、あのとき本当に沖を見たのか、それともそれは天空だったのか、父自身、定かではなくなっていたのです、そして深海が濃い青で浅瀬が明るい青で書かれている、あの地図のアクアマリンだけが彼の本当の海であり続けたのです。

思えば、これが父が何年も夏の休暇に行くのを拒み続けていた理由だったのかもしれません、この国の人々が、労働組合や旅行代理店を通して、大々的に海の保養所に出掛けるような時代になっていたのに。父のその反対には何か奇妙な恐怖感がありました、がっかりさせられるのが恐いとでもいうように、海を間近に見れば、生まれて初めて、遠くから、夜明け前に、紺碧のアドリア海を見た三五年四月二十八日に、彼の心を明るく照らしてくれた、あの遙かな光景が、彼の内部で壊《こわ》れてしまうとでもいうように。

そして海との出会いを先に延ばすための言い訳は、どれも十分な説得力を欠いていました。トマトばかり齧《かじ》る貧乏ツーリストになって夏の休暇に行くつもりはないとか、お金が十分にないとか（それはまんざら嘘ではありませんでしたが）、強い日差しに耐えられないとか（人生の大半を灼熱の太陽の下で過ごしたくせに）、静かにしておいてほしい、ブラインドを下ろしたベオグラードで十分さとか。『死者の百科事典』のこの章には父の海の冒険が詳述されています、一九三五年のこと、あの最初の抒情的な出会いから、それから四十年ほど後に、実際に、海と対面するまでが。

そうです、父が海と初めて本当に出会ったのは、一九七五年のことでした、とうとう、私たちに説き伏せられて、ロビーニへ行くのを承知したときのこと、私の母といっしょに、その夏に空《あ》いていた友人の家に行くことにしたのでした。

父は予定を切りあげて帰ってきました、気候にも満足できず、レストランのサービスにも満足できず、テレビ番組にも満足できず、夥《おびただ》しい人の群れ、汚れた海、クラゲの出現、高物価と「泥棒」に不満をつのらせて。海については、海水汚染（「これは観光という名の公衆便所だな」）とクラゲ（「人間の悪臭がやつらを引き付けるんだ、まるでシラミだよ」）のこと以外は、何も言いませんでした、ひと言も。ただ手を振るようにしただけです。今になってやっとそれが何を意味していたかわかります。あの長年のアドリア海の夢、あのはるか昔の幻影のほうが、美しく印象的で、汚れなく力強かったのです、ぎとぎと太った男たちや、サン・オイルを塗りたくった「燃えさしのように黒い」女たちがぱちゃぱちゃやっている、あの水よりも。
それが夏の休暇に、海へ行った最後でした。今ではわかります、そのとき彼の心の中で、何か愛しい生き物のように、ひとつのなつかしい夢が死んだのです、四十年も抱き続けてきたひとつの遠い幻想が（それが幻想であったとしたらですが）。

でも、私は、ご覧のように、彼の人生を四十年ほども先に飛び越してしまいましたけど、年代順に見れば、まだ一九三七年か三八年あたりで、Dj・Mにはもう私たち二人の娘がいました（息子が生まれるのはもっと後です）。二人の懐胎はどこか人里離れたセルビアの田舎町、ペトロバッツ・ナ・ムラビかデスポトバッツ、ステポエバッツ、ブコバッツ、チュプリヤ、イェラシツァ、マテエビツァ、チェチナ、ブラシナ、クニャジェバッツ、それともポドビス村だったかもしれません。この地方の地図を心に描いてみてください、五万分の一の地図か軍用絵図からこれらの小さな点をひとつひとつ拡大し、実物大まで拡大したら、父が住んでいた通りと家を記入して、それから庭に入り、家にお入りください、部屋の配置を考え、家具と果樹園の一覧表を作ってください。裏庭に咲く花の名前も忘れずに、それからリッペントロップ＝モロトフ協定や、王国政府の逃亡、ラードや石炭の値段、空軍の花アレクシッチの快挙などについて父が読んでいる新聞記事も……。そう、こんなふうに『百科事典』の名人たちは仕事をしているのです。

なぜならどの出来事も、言ってみれば、彼の個人的運命に関連があるのです、ベオグラード空襲もドイツ軍の東方進撃も退却も、すべては彼自身の見方を通し、彼の生涯との関わりで、描かれているんです。そこでは、どこかパルモティッチ通りのあたりの家が一軒記されていて、その家とそこに住む者について大切なことがすべて述べられています。この建物の地下室で父は私たちといっしょにベオグラード空襲を体験することになるのですから。ステポエバッツ町の家についても同じです（大家さんの名前、部屋の配置など）、戦争中に父が私たちを疎開させた家ですけれど、そこにはパンや肉、ラード、鶏、プラム・ブランデーの値段も書かれていました。クニャジェバッツ市の警察署長との会話も、一九四二年の解雇通告も、この死者の書の中に見出すことができますし、注意深くお読みになれば、それからしばらくして父が植物園やパルモティッチ通りで木の葉を集め、押し葉にして娘の植物標本帳に貼っていく様子がおわかりになるでしょう、「タンポポ *Taraxacum officinale*」とか「菩提樹 *Tilia*」とか、きれいな文字で書きつけていきました、地図に「アドリア海」とか「ブラシナ」とか書き込んでいたように。

彼の伝記というこの巨大な川から、この家族小説から、分流が別れていき、父が砂糖工場で働いていたことと並んで、一九四三年から四四年にかけて、要約か年代記のような形で、母や、そして私たち、つまり彼の子供たちの運命も書き込まれています、数巻にも及ぶはずのものが簡潔な数節にまとめられて。例えば、父の早起きは、母の早起きや（嫁入り道具の一部だった古風な掛時計を持って村へ行き、鶏かベーコンと交換するつもりです）、私たちが学校へ出掛ける場面に結びつけられています。その朝の儀式は（背景には、どこか近所で、ラジオから「リリー・マルレーン」のメロディーが流れています）、占領下に失職した測量技師の家の家庭的な雰囲気を描き（朝食はチコリと固焼きパンだけの肉ぬき料理）、一九四三、四四年期の、木の底の靴を履き、軍隊の毛布で作った防空頭巾と外套を着ていたファッションを概観する、格好の機会として利用されています。

父が外套の下に隠し、大きな危険を冒して、持ってきてくれたのは、「ミリシッチ工場」の糖蜜か何かでした、父は当時その工場で日雇いとして働いていたんです、それは『死者の百科事典』にとっては、すぐ隣の眼科病院で実行された破壊活動や叔父のツベヤ・カラカシェビッチの偉業と同じ意味があるのでした。叔父はルマ町の生まれで、「御用商人」をしていたフランス通り七番のドイツ将校クラブで、品物をちょろまかしていたのです。このツベヤ・カラカシェビッチのおかげで、私たちが、占領期間中、何度か養殖の鯉をお腹に収め（夜のあいだ、家の風呂場の大きな琺瑯《ほうろう》びきの浴槽で泳ぎ回っていました）、この同じ将校クラブ〈三人《ドライ》の軽騎兵《フサレン》〉から持ってきたフランスのシャンパンを注いでやったというような珍事は、もちろん、『百科事典』の編者が見落とすわけがありません。人の生涯に無意味なものはなく、出来事に上下はないという、自分たちの綱領の論理にしたがい、私たちのかかった小児病はぜんぶ登録されていました、おたふく風邪、喉頭炎、百日咳、疥癬、そればかりかシラミの発生から父の肺疾患に至るまで（診断は煙草の吸い過ぎによる肺気腫で、ジューロビッチ先生の診断とぴったりでした）。けれども、ここには、バイローニ市場の掲示板に貼られたポスターもあって、銃殺された人質の名簿が出ており、彼の親しい友人か知人の名前も入っていますし、テラジエ通りの電柱に首吊りにされて揺れる愛国者たちの名前や、ニーシュ駅の食堂で彼の「身分証明書《アウスバイス》」を求めるドイツ人将校の言葉、ひと晩中銃声が鳴りやまなかった、ブラソティンツィの町のチェトニックの婚礼の描写もあります。

ベオグラードの市街戦は、一九四四年の十月ですが、父の視点から描かれています。パルモティッチ通りから見た光景で、砲兵隊が通り過ぎると、角には死んだ馬が横たわっています。戦車のキャタピラの耳をつんざくような音に、フラーニョ・ヘルマンという名前のだれか土地のドイツ人《フォルクス・ドイチェル》の尋問が一瞬かき消され、無実を訴える彼の言葉が隣の建物の薄い壁を通して漏れてきますが、そこでは秘密警察の将校が人民の正義と復讐を遂行しているのです。同じように、ソ連軍の戦車が通過した後に急に生じた静寂の中で、隣の家の中庭で一斉射撃の音が鋭く響きます、そしてお手洗いの窓から父が見た壁にべっとりとついた血糊、胎児の姿勢をした不幸なヘルマンの死体もまた、死者の書に記録されています、隠れた目撃者のコメントといっしょに。
死者の書にとって歴史とは人間の運命の総計であり、蜉蝣《かげろう》のように儚《はかな》い出来事の総体なのです。だから、あらゆる活動、あらゆる思想、実り多い精神、登記簿に記載された高地、泥を掬《すく》い取ったシャベル、廃墟から煉瓦を動かす動作、それがすべて記入されているのです。

戦後になって父の得た職は共和国地籍局の仕事で、歴史の大きな転換期にはいつものこと、改めて国土を測量し台帳に書き込むのですが、この仕事は、土地の等級、不動産登記、ドイツ人村の改名や入植者の集落のための新しい名前といった、そうした一章が必要とするすべての事項といっしょに出ています。そこには、そうです、何ひとつ欠けるものはありません。酔っ払いの兵隊から買ったゴム長靴にべっとり付いた粘土。インジア町の安食堂で食べたロールキャベツがもとで起きた重度の下痢。女給の、ボスニア女とのアバンチュール、それはソンボルの町のこと。チャンタビルあたりで自転車から落ちたときの肘《ひじ》の怪我。センタ＝スボティツァ間を家畜用の貨車に揺られて夜通し走ったこと。まるまる太った鵞鳥《がちょう》を買って新年の休みに家に持ち帰ったこと。バーノビッチの町でロシア人の技師たちと張った酒宴。野中の井戸のかたわらで、奥歯を抜いたこと。雨に降られて濡《ぬ》れ鼠《ねずみ》になった野外集会。測量技師ステーバ・ボグダノフの死、森の外れで地雷を踏んだのです、前の日にはいっしょに玉突きをしていたのに。ふたたびカレメグダン公園の上空に現われたアレクシッチの空中曲芸。ムラコドル村でのひどいアルコール中毒。ズレニャニンからエレミルまで泥道を人をいっぱいのせたトラックで走ったこと。新任の上司との諍《いさか》い、シュプタとかいう男でしたが、ヤシャ・トミッチさんの近くの土地での出来事でした。バーノビッチ炭鉱の石炭を買うので、ドナウ駅で、朝の四時から、零下十五度の寒空に行列して待ったこと。蚤市で買った大理石のテーブル。労働者食堂〈ボスニア〉でとった米国産チーズと粉ミルクの朝食。彼の父親の病気と死。御霊祭りの墓参。スターリン路線が正しいと主張したペタル・ヤンコビッチとサバ・ドラゴビッチとの大喧嘩、両者のやり取り。一方の論拠と他方の反論（それは父の低い声で終わっています……「スターリンの××野郎」）。

こうして『死者の百科事典』は、時代の空気の中へ、政治的な出来事へと私たちを導いていきます。

私の父を捉えた恐怖心とあの沈黙、私自身もよく覚えている重く苦しい沈黙は、伝染性の恐怖であると、書物は解釈しています。ある日、あの同じペタル・ヤンコビッチが、自分の親戚で職場の同僚である彼が、毎朝六時に国家公安局の建物へ事情聴取に通っていて（例のドラゴビッチの告発がもとでした）職場に遅れてくるのだ、ということを知ったのです、びんたと不眠のため腫《は》れて黒ずんだ顔をして。毎朝毎朝、明け方に、およそ六か月のあいだ、こうでした、ロシアについて同じ誤った考えをもち、モスクワ放送を聞いていた幾人かの人の名前を思い出すまで。

分流のほうは省略することにしましょう、喧嘩、仲直り、保養地への出発といった、この家族の歴史の縮図なんかは。父が家に持ち込む品の目録も、『百科事典』は主婦のように丁寧に書き出しているのですけど、省略しておきましょう。ここでは〈オリオン〉印のラジオとゴーリキー全集、大きな木の箱に植えられた夾竹桃とキャベツを漬ける漬物樽だけを挙げておきます、この書物が、私が父のために初任給で買った洋服地や、父がひと晩で空けてしまうことになるコニャックのマルテルの瓶さえ漏らさず数え挙げている、ほかの細々としたものに比べたら、私にはずっと意味のあるもののように思われるので。

けれども、『死者の百科事典』は、資産のことばかりを扱っているわけではありません、それは複式簿記とか財産目録ではないし、列王記や創世記などのような人名簿でもありません、そうしたところがあるにしても。そこではその人の精神の状態、世界観や神に対する考え方、来世の存在に対する疑い、道徳の基準などについても語られているのです。けれどもいちばん驚くことは、外面と内面がぴったりと結合していること、物質的な事実を強調しながら、次にそれを人間、すなわち人間の魂と呼ばれるものと論理的に関連付けていくことなのです。監修者たちは、客観的に与えられた事柄については、注釈を加えてはいないけれど――例えば、一九六九年、タイル・ストーブに電熱を入れたことや、父の円形脱毛症や突然の大食癖、ニワトコの花からとった清涼飲料を「ポリティカ」紙掲載のレシピで作ったこと――晩年になって思いがけずに始まった切手収集癖については、長いこと身体を動かさないでいたことの代償行為であると解釈しています。監修者たちはよくわかっていました、虫眼鏡を通して切手を見るのは、もの静かで落ち着いた人々、旅行や冒険がそれほど好きでない人々の内部にしばしば隠れている抑制された空想の一部にすぎないということを。それはあの同じ秘められた市民的ロマンチシズムの一部で、父の海に対する関係を定めたものでもあるのです（なぜなら父は旅に出て広い世間を見る代わりに空想の中で楽しい旅をしていたのです、初孫が切手の蝶の世界に興味をもったというのは、他人の目にも自分の目にも滑稽に映らないための言い訳にすぎませんでした）。

それは、おわかりのように、河口のすぐ近くにある彼の心象風景の一部です、友人や近親の葬式がかなり頻繁に続くので、父ほど静かな瞑想に耽《ふけ》るのが好きでない人でも、だれもが哲学者になるのです、哲学が人間の存在の意味について考えることであるとすればですが。

自分の人生に不満をもち、忠実な子供たち、かわいい孫たち、比較的穏やかな毎日の生活、いかなるものによっても、けっして和《やわ》らげられることのない年寄りの憂鬱にさいなまれ、父は愚痴っぽくなり、深酔いすることが多くなりました。そんなとき、怒りの発作が起こるのです、あの穏やかな笑みを浮かべたもの静かな人からは想像もつかないことですけど。神を罵《ののし》り、天を罵り、地を罵り、ロシアやアメリカやドイツを罵り、政府や生涯を通じて日雇いみたいに働いたその代価にこんな哀れな年金を定めた者どもを罵りましたが、いちばん罵ったのはテレビでした、人生の大いなる幻想を、侮辱を感じさせるほど厚かましく、家の中に持ち込んで、彼の空しい夕べを埋めていくのですから。

次の日、我に返ると、密かに反省してテラスの鶸《ひわ》に餌をやり、鳥に話しかけ、口笛を吹きながら、鳥籠を頭より高く持ち上げるのです、苦難の闇にカンテラの灯を掲《かか》げるとでもいうように。そうでなければ、やっとパジャマを脱いで、うんうん唸りながら、服に着替え、帽子をかぶり、タコボ通りの中央郵便局に切手を買いに行くのです。午後には、コーヒーを啜《すす》りながら、肘掛け椅子に浅く腰掛け、孫をわきに坐らせて、小さいピンセットで切手帳に挟んでいくのでした。

時々、気落ちすると、過ぎ去った自分の人生を嘆き、年寄りらしく癇癪を起こしました。神様は学校に行かせてくれなかった、学問もなくこの世を去らねばならない、いいものを目にすることもなく、人並に海も町も見ず、教育のある金持ちなら見られるものを何ひとつ見ないで、とか。――というのも、実は、父のトリエステへの旅行も、ロビーニ行きと同じようにさんざんだったからなのです。

あれは、父が六十六歳のときのこと、初めての国境越えでした。このときも長いことみんなにせがまれ説き伏せられて、旅行することになったのでした。簡単には反論できないような論拠を持ち出して父は身を守ろうとしましたけれども。賢者は言葉の通じない国には行かないものだとか、担ぎ屋稼業をするつもりはないし、トリエステのマカロニとかキャンティとかいってもちっともピンとこない、自分の家でモスタル産のジラブカかプロクプリェ産の白ワインでも、飲んでいたほうがいい、ありきたりのやつをな、とか。

それでも私たちは父にパスポートを取らせました。

その旅行から戻った父は怒りっぽく不機嫌で、落ち込んだ様子でした、母と喧嘩をしたんです。母の買った靴が水を通すわ靴ずれができるわで、しかもインジエあたりで、はやくも警察に調べられ、トランクの中をひっかき回されたのです。

お断わりするまでもなくそれがこのトリエステ旅行であり、ホテル・アドリアティコの前の雨なのでした。父は軒下に立ち、傘もなく、ずぶ濡れの老犬のように呆然としていた（母がポンテ・ロスで靴を探し回っているあいだ）、つまり、この死者の書には、そういうことすべてに、そのエピソード相応の場所が与えられているのです。この不運なトリエステ旅行の中で、何らかの意味で慰めになったのは、ある店の前に並んでいた花の種を見つけて買ったことでした（幸いにも、袋には花の絵がついていたし値段も書いてありましたから、売り子さんとごたごたする必要もありませんでした）。当時のDj・Mは、『百科事典』にあるように、大々的に「鑑賞用の花に凝《こ》っていた」のでした（庭や通りに面したテラスの植木鉢や古鍋に植えられた花の目録が続きます）。

　ちょうど時を同じくして、まるで花の伝染病にかかったとでもいうように、自由時間を使って父は花のモチーフを家中いたるところに描くようになります。彼の画才が突然に爆発したのは、まったく偶然でした。何事にも満足できなかった父は——ある退役将校が、にわか仕込みの壁塗り職人となって、お風呂場の壁を塗ったやり方が気に入りませんでした（一日中「コザラ娘」を歌い、それに合わせて腕を振りながら）。お風呂場にはたくさん塗りむらができていたので、つむじを曲げた父は袖をたくしあげました。壁についたうす黒い染みを取り除くことができなかったため、油性ペンキでそれを隠すことにしました、湿気の描く模様をたどりながら。こうしてお風呂場に最初の花が咲いたのです、大きなホタルブクロなのか、蓮の花なのか、悪魔だけがご存じです。

私たちみんな父を褒《ほ》めました。ご近所からも名人芸を見ようとやって来ました。父のお気に入りの孫は素直に心から感心しました。こうして始まったのです。次はお風呂場の窓です、そこに小さな野の花を、矢車草のように青い花を描いたのです。そしてそれを未完成に、斜めのままにしておきました。そのため、じかにガラスに描かれた花のモチーフは、まるでカーテンが揺れたような幻想を与えるのでした。

それからというもの、一日中、絵を描いているようになりました、疲れを知らず、煙草を置く間もなく（そして、静けさの中に彼の肺のぜいぜいいう音がしました、まるで鞴《ふいご》のように）。かろうじて本物に似ている花を、擦り減った古長持ちや、陶製のランプの笠、コニャックの瓶、単純なガラスの花瓶、ネスカフェのガラスの入れ物、木製の煙草入れなどに描きました。炭酸水用の大きなサイホンには、アクアマリンを下地に、島の名前を地図に書き込むときの文字を使って、ベオグラードのレストランや居酒屋の名前を書き入れました、ブリオニ、ボーカ、鷗屋《かもめや》、船乗り、ゾーラ、セルビア軒、ビディン門、イスタンブール門、スカダルリア、三つの帽子、二頭の鹿、菩提樹、三房の葡萄、シュマトバッツ、七日屋、ドリナ川の行進、カレメグダン、コララッツ、祖国、耕す人、オブレノバッツ、オプレナッツ、ドゥシャンの城、河口、スメデレボ、狩人の角笛、疑問符、ラスト・チャンス。

父がちょうど初孫の十二歳の誕生日に亡くなったという珍しい事実にも、編者たちは注目するのを忘れませんでした。それから、私たちがいちばん下の孫に祖父と同じ名前をつけようとしたのに父が反対したことも見逃しませんでした。これで父の自尊心をくすぐり、特別の心遣いと好意の表われと受け取ってもらえると思ったのです。けれども、父は、ただぶつぶつ言っただけでした。そして私は、あの恐怖心の遠い影を父の目に見たのです、一年後に、彼の死期がはっきりしたとき、その眼鏡の下できらりと光ることになるそれを。その生ける者と死せる者の継起、世代交替という普遍的な神話、死の思いが楽に受け入れられるように人間の考え出したこの悲しい慰めを、そのときの父は侮辱と感じたのです。まぎれもなく彼の血筋だとしても、生まれたばかりの子に彼の名前を与えるという呪術的行為によって、「故人の頭上でパンを割った」ように感じたのです。私は当時はまだ知らなかったのですが父はもう鼠蹊部《そけいぶ》のあたりに触れると怪しい腫れ物があり、体内に何か見知らぬ毒の花が、まるでトリュフから生え出したみたいに、花開いていたのを、感じていた、いいえ、もしかしたらはっきりと知っていたのかもしれません。

『百科事典』の終わりのほうの一章には、葬儀の次第も載っています、葬礼を執り行なった司祭の名前、花輪の様子、小聖堂から父の遺体を見送った人たちの名簿、魂の平安を祈って灯された蠟燭《ろうそく》の数、「ポリティカ」紙に掲載された死亡広告。

霊前で弔辞を読み上げたのはニコラ・ベシェビッチで、地籍局の長年にわたる同僚でしたが、これは全文が出ています（「同志ジューロは戦前も、占領下にあっても、また戦後、破壊され悲しみに満ちた我が国の復興・再建期にも、誠意をもって祖国に尽くしたのであります」）。ある程度の誇張や決まり文句はあっても、表現に低い調子が見られても、同僚で同郷の友の霊を前に語ったベシェビッチの言葉には疑いもなくこの大百科の主張と原則が含まれていたのです（「彼の思い出は永遠に生き続けることでありましょう。故人の冥福を祈ります」）。

そう、これがだいたい最後です、私のメモはここで終わっています。後に残された品物の悲しい目録を引用するのはよしましょう。ワイシャツ、パスポート、身分証明書、眼鏡（眼鏡ケースから出されたばかりの虚ろなレンズに日の光が痛ましく光ります）。父の死んだ翌日に、病院で、母に渡されたものをぜんぶ挙げるのもやめにします。『百科事典』にはすべて丁寧に記入されているのです、一枚のハンカチ、ひと箱の煙草〈モラバ〉、週刊誌「ポリティカ・マガジン」さえ省略されてはいません、雑誌のクロスワード・パズルには彼の筆跡でところどころ答えが書き込まれていました。

そしてそこには、医者や看護婦や見舞い客の名前、手術の日付と時間があります（ペトロビッチ先生は開腹手術をして、またすぐ閉じてしまいました、手術は無駄だとわかったのです。肉腫はすでに生命維持に必要な器官に広がっていました）。手術の一日か二日前に階段のところで別れたときに見せた父のあの眼差しを、あなたに描いてお見せするだけの気力は私にはありませんけど、そこには、凝縮された彼の生涯のすべてと死を悟ったことの恐怖のすべてがこめられていました。生きている人間が死について知りうるすべてが。

　こうして、寒さに凍え涙に濡れて、数時間のあいだに、父に関するページにぜんぶ目を通すことができました。時間の感覚はなくなっていました。凍《い》てつくような図書館に丸一時間もいたのか、それとも外はもう夜が明けようとしているのか。そうです、時間のことなどすっかり忘れていました、場所のことも。父について少しでも多くのデータを書き留めようと急いでいました、失望のときに、父の生涯は無駄ではなかった、ひとつひとつの人生、ひとつひとつの苦悩、ひとつひとつの人間としての継続を、記録し価値付ける人たちがまだこの世にいるのだという証拠を持っていたかったのです（慰めにすぎないとしても）。

　ふと父について書かれたページの終わりのほうを見ますと、花がひとつ、奇妙な花がひとつありました、挿絵として印刷されたものか死滅した植物の一例として死者の世界にある草花を図で示したものか、初めはそう思いました。けれども、説明を読みますと、それが父の絵の基本的な花のモチーフであると書かれていました。震える手でその奇妙な花を描き写すことにしました。それは皮をむかれ破裂した巨大なオレンジにそっくりで、毛細血管のように細く赤い線が網目模様を描いていました。一瞬、私はがっかりしました。私は父が壁や板や瓶や箱につれづれに描いていた絵のことをよく覚えていますが、ひとつとしてこれに似たものはなかったのです。そうだわ、私は心の中で言いました、あの人たちだって間違うことがあるのだわ、と。それから、その皮をむかれた大きなオレンジを写し取ってしまうと、最後の段落を読んで、あっと叫び声をあげました。私は、汗でぐっしょり濡れて目を覚ましたのです。そのとき、その夢で覚えているかぎりを書き記しました。ほら、残ったのはこれだけ……。その最後の段落に何が書かれてあったとお思いになります。Dj・Mが絵を描きはじめたのは体内に癌の最初の兆候が現われた時期にあたる、と。つまり、彼が憑かれたように花のモチーフを描くのは、病気の進行と一致する、と。

ペトロビッチ先生にそのスケッチをお見せしたら、いくらか驚いた様子で、私の父の体内の肉腫はちょうどこんな様子だったと、おっしゃいました。そして開花期間は疑いもなく数年間にわたっていたのだ、と。

眠れる者たちの伝説

さて、あの人たちは洞窟の中に留まること
三百年に加えて更に九年。
『コーラン』一八章二五節

1

仰向《あおむ》けに横たわっていた、ざらざらして湿った駱駝《らくだ》の毛皮に。毛皮は湿気のせいで傷みはじめている、彼らが身動きし、悶え、骨があたるので、ところどころ擦りむけているが、それは彼らの身体が駱駝の毛に触れるところで、後頭部の下や肩甲骨の下、肘の胼胝《たこ》になったでっぱりの下、踵《かかと》や、糸巻き竿のように堅くなったふくら脛《はぎ》の下などであった。

仰向けに横たわっていた、じめじめした腐った毛皮に、死者のごとく腕を祈るように組んで。毛皮は疲れ眠れる者、生命と運動に疲れ眠れる者のほとんど無意識の悶《もだ》えに動かされる身体の下で薄くなっていく。それはやはり眠れる者にはちがいなかった、人の目には見えぬほどだが、手足が動いていたのだから。そして彼らの身体の下の毛皮は、彼らの眠りと石となった肉体の重さで洞窟のむき出しの岩に押しつけられるあたりが、土でつくられた肉体の動きにさらされるところ、骨が湿った粗い毛にあたるところ、毛皮がダイヤモンドのように硬い洞穴の岩にこすれるところが、薄くなっていくのだった。

仰向けに横たわっていた、偉大な眠れる者だけがもつ安らぎに包まれて。だが、時間の暗闇の中で彼らが手足を動かすと、下に敷かれた湿った毛皮は薄くなり、駱駝《らくだ》の毛は侵食され、気づかぬうちに抜け落ちていった、水が時間と力を合わせ、石の硬い芯に孔をうがつように。

セリウスの丘の暗い洞窟の中に、死者が祈るように腕を組み、仰向けに横たわっていた、彼ら三人、ディオニシウスとその友マルフス、そして少し離れて、神に祝福された牧人ヨハネが、それにキトミルという名のヨハネの犬も。

眠りに重くなり閉じられた瞼《まぶた》、香油《バルサム》と眠りの毒薬を塗られた瞼の裏には、緑がかった三日月のような死んだ瞳は見えなかった、なぜなら闇は、じめじめした時間の闇は、永遠の洞窟の暗黒は、あまりにも大きかったのだ。

洞穴の壁と天井からは永遠の水が一滴一滴落ちてきては、聞き取れぬほどの音をさせて、岩の水脈を伝い、眠れる者の血管を流れる血のように流れていた。そして時にはそのひと雫《しずく》が彼らの感覚を失った肉体に、石となった顔にしたたり落ち、額の皺《しわ》を伝って耳殻に流れ込み、瞼の弓なりの皺にとどまり、緑がかった眼球を伝って流れ、凍った涙のように、石となった目の睫《まつげ》に宿るのだった。

だが、目は覚まさなかった。

耳は聞こえず、眠りの鉛と闇のタールに聴覚を塞《ふさ》がれたまま、彼らは身じろぎもせずに横たわり、自分という存在の闇を、時間の闇を見つめていた、眠れる者の心臓を石にし、呼吸をとめ肺の動きをとめ、血管に流れる血のせせらぎを凍らせてしまった永遠の闇を。

洞窟の湿気と肉体の静止に養われ、忘却の灰と幻影の激しさに促されて、ただ頭髪や髭、体毛や腋毛だけが、伸びていった。水が人知れず築いては壊すように、人知れず、眠りの中で爪だけが伸びていった、ぱちぱちと音をたてて。

2

最年少のディオニシウスは、心臓の中に薔薇を抱き、牧人ヨハネと友マルフスのあいだに寝ていたが、いちばん先に目を覚ました、時間と記憶の風に触れられたかのように突然。最初に聞こえたのは、洞窟の天井からしたたる水の音であり、最初に感じたのは、心臓の中の刺《とげ》であった。静けさを浴びて疲れて眠れる者の意識、洞窟の湿った闇に沈んでいた意識がすぐに戻ることはなかった、肉体は長い休息に感覚を失い、魂は幻影に乱されていたのだから。

心の中で主の名を呼び、心の中で甘美なプリスカの名を呼び、何が起きたのかをことごとく思い出し、恐れをもって死にゆく者を、幸せをもって恋する者を思い出した。

彼の魂と肉体に起こったことは、もはやいつのことかもわからず、今はまた夢のように思われた。それはまたたぶん夢にすぎず、生の悪夢と死の悪夢、叶わぬ恋の悪夢、時間と永遠の悪夢にすぎないのかもしれなかった。
かたわらに、左右に、死んだように眠る牧人ヨハネと友マルフスの肉体を感じていた、息もたてず身じろぎもせずに眠り、香油を塗られたミイラのように沈黙し、人間の肉体の匂いもなく、腐敗した人間の臭いすらしなかったが、それでも彼らを感じていた。肉体を離れた彼らの存在を感じ、左のあたりに、ヨハネの足のそばに、肉体を離れミイラのようになった牧人の犬の身体を感じていた。犬は、前脚を伸ばし、主人のかたわらに横たわり、主人の死んだような眠りの扉の前で決死の番をしていた。

3

湿気こそ感じなかったが擦り切れてしまった毛皮に、石にされた肉体と痺《しび》れた手足を横たえたディオニシウスは、胸のあたりに指を組んだ腕と、眠りと安息に硬直し、癒着してしまったかのような指を、やっとの思いでほどいた。そして肉体を、自分が肉体をもった存在であることを思い出し、心臓を思い出した。すると、見よ、心臓は彼の体内で甦《よみがえ》った。そして腸《はらわた》も肺も、眠りの鉛に満たされた目も、そして、眠らされて氷のような男根も、彼が罪から遠いように遠い男根も、生き返ったのだ。

それから、意識を洞穴の奥に、タールのように不透明な暗黒に戻し、永遠の水時計に耳を傾けたが、それは、肉体を離れた肉体を時間の流れの中に置き、意識と肉体を時間の中心に置き、昔へと、眠る前の、洞穴に入る前の時間へと戻ろうとしたのだ。そして最初に浮かんだのが甘美なプリスカの名だ。なぜならプリスカは夢の中に、そして現《うつつ》の中にあったのだから、彼の心の中に、時間の中心にあり、眠りと目覚めの中心にあったのだから。

初めのうちは、何をすべきかわからなかった。疲れて眠っている仲間を、同じ眠りの仲間たちを、起こしたくはなかった。そこで、自らの意識によって時間の川に潜り、夢と現の境を定め、意識と記憶をたよりに、また祈りを捧げていた主の助けをかりて、それまでに起こったことすべてを、はっきりさせようとした。

しかし彼の内部には、自身の眠りと目覚めの記憶のほかは何もなかった、以前のそれと今からのこれのほかは。彼の内部には、天地創造に先立って、創世以前に主がまだ光と闇、昼と夜を分かつことのなかったとき、主がまだ夢と現、現と夢を分けることのなかったときに、確かにあったにちがいないぼんやりとした闇があるばかりだった。

心臓の中に薔薇がなかったなら、甘美なプリスカの名がなかったなら、プリスカの思い出が肉体に刻み込まれていなかったなら、心の中に、皮膚の中に、意識の中に、空っぽの腸《はらわた》の中になかったなら、きっとまだ目を覚まさずにいただろう。

4

なぜなら、それはもはや前のあの同じプリスカではなかった、昔見た夢のプリスカ、かつての眠りの扉の前で、かつての目覚めの奥で見つけたプリスカではなかったのだから。ああ、それはもはや永遠を誓い合った同じあのプリスカではない、以前の夢と以前の現の中の彼のプリスカではない、そして――神よ、赦したまえ――同じ女、キリスト教の敵、デシウス王の娘プリスカではない、同じ女を同じ夢に見たのではない、彼に永遠を誓った彼のプリスカではなく、彼女の名をもつ他の女で、よく似てはいるが、同じプリスカではない、姿形が似ているとはいえ、違う、それは彼女ではなかった。

そして、彼はありありと、痛いほどありありと、彼女の顔、自分のプリスカの顔を記憶の中に呼び起こした。しかし、それは今や時間と記憶の中でひとりの顔に混然となった二人の女の顔で、そこには境も隔たりもなかった、なぜなら二つの思い出の塵《ちり》と灰から、二度続いた創造の土から創られ、眠りがそこにひとつの、彼の、魂を吹き込んだからであった。

彼の意識の中で、記憶の中で、二つの顔色は濃くなっていき、彼は女をつくっている土を捏《こ》ね、そしてもはや二人の女を、二つの夢を、はっきりと見分けることができなくなり、見えるのはただひとり、アーモンドのような瞳のプリスカ、彼のプリスカ、現在の彼女と過去の彼女だけになった。その記憶は喜びと力で彼を満たしたが、それは眠りから覚めるには十分ではあっても、感覚を失った手足を動かすには不十分だった、なぜなら自らの記憶の糸をたぐり、眠りの前に起こったことを思い出したとたん、自分の考えていることが恐ろしくなったからだ。

5

頭上の洞窟の天井に松明《たいまつ》の明かりが星のように灯るのが見え、気がつくとまわりに集まった群衆のざわめきが聞こえ、それから一瞬、あたりを沈黙が包み、そして神に祝福された牧人ヨハネが両手を天に向け主の名を呼ぶと、群衆は悲鳴をあげて逃げ去った。

あれは夢だったのか。あれは夢遊病者の夢、夢のまた夢で、それゆえ本当の夢よりも本当らしいのは、その夢から覚めてもまた夢の中にいるので、目覚めの力では測ることができず、意識では測ることができないからなのか。あれはただ神の夢、永遠と時間の夢だったのか。幻や疑いのない夢、言葉と感覚の夢、魂だけではなく肉体の夢でもある夢、等しく意識の夢であり肉体の夢である夢、はっきりとした明白な境界をもち、自分自身の言葉と音をもった夢、触れることのできる夢、舌で、鼻で、耳で確かめられる夢、目覚めより強い夢、死者だけが見るのかもしれぬ夢、すぐ血が出るので髭を当たる剃刀では否定できない夢。そして為すことすべては現と目覚めの証しにすぎず、夢の中では皮膚が血を流し、心臓が血を流す。夢の中では肉体が喜び、魂が喜ぶ。夢の中には生きることのほかに苦難はない。死んで初めて、その夢から覚めるのだ。

互いに別れの言葉を交わすいとまもなかった。だれもが自分の魂と告別に気を奪われ、一人ひとりばらばらに、次いで声を合わせて、乾いた唇で祈りを囁きはじめた。群衆が戻ってくることはわかっていた。デシウスの軍団を迎えに行ったか、さもなくば野獣の檻《おり》を準備しに行っただけだ、虐殺の用意が整うまで、洞窟の入口に見張りを残して。群衆は、神なき者の群れは、心ゆくまで悦しむことだろう。

6

ところが、彼らは松明やランプを手にふたたびやって来て、新しい強い光が洞窟を照らし出した。彼らは歌や聖歌を歌いながらやって来たのである。子供たちはランプとイコンを携《たずさ》えてきて、洞穴は彼らの敬虔な歌声と祈りに輝いた。司祭たちの声が洞窟の岩にこだまし、子供たちの声は、みな白い衣装に身を包んだ少年だったが、天使の合唱かと思われた。

洞窟はじきに松明の煙や香の匂いに満たされ、だれもが声を限りに主の栄光を讃え歌い、そして司祭や子供たち、それにディオニシウスとマルフスと神に祝福された牧人《びと》ヨハネの三人も、共に声をひとつに合わせ、奇跡を行なった人、救い主、ナザレ人イエスの栄光を讃える聖歌を歌った。

それもまた夢だったのか。それもまた幻だったのか、それとも三人は天国の扉の前にいたのだろうか。悪夢や幻の果てだったのか、それとも彼らの昇天だったのか。

彼は困惑した魂で彼らを見ていたが、彼らもまた回廊から三人を眺めていた。彼は松明の光の中で彼らの顔や衣を見て、その衣が薄い布で、緋と深紅の布でできており、赤く染めた羊の皮でできており、金や銀や銅の飾りが施されているので、ひどく驚いた。胸には、金銀宝石の輝くイコンを携えていた。

7

そのとき、群衆の中からたくましい若者が数人、進み出て、三人に向かって頭をさげると十字を切り、三人の足と手に口づけし、次いで一人ひとり子供のように軽々と抱き上げ、その力強い腕でほとんど触れることなく三人を担《にな》い、イコンのように注意深く、洞窟のごつごつとした岩を進んでいった。人々は若者たちの足元と道を照らし、主を讃える歌を歌い続けた。

先頭を運ばれていくのは神に祝福された牧人ヨハネで、両腕を祈るように組み、神のいちばん好まれる素朴な祈りを囁いていた。ヨハネの後には、白い髭を長くのばしたマルフスが運ばれていくが、彼もまた金の縫い取りをした明るい色の衣にくるまれていた。それに続いて、運び手たちの力強い腕に支えられ、船に乗せられたように軽やかに揺れているのが彼、ディオニシウスであった。

それもまた夢だったのか。

彼の目には若者たちの剃り上げた頭が見え、その肩に彼の身体が担架に載せられて横たわっている。それは彼自身にも、子供か無力な老人の身体のように軽々としていた。それも、その昇天もまた、夢だったのだろうか。その歌も、彼を運んでいく若者たちの眼も。若者たちは彼に向かって視線を上げようとしなかったので、彼に見えたのはただ狭い額の下の濃い眉毛と、睫の下の半ば閉じられた瞼だけだった。群衆がかたわらに立って火のついた松明とランプを頭上高く掲げるうち、マルフスを運んで彼の前を天に、天国に向かうように、斜めに、上へ、進んでいく者たちの、あの力強い首も、むき出しの、松明の光に照らされた頭も見えたが、たとえ一瞬でも、彼らと目を合わせようとはしなかったので、かすかに開いた瞼の下に、眠れる夢遊病者たちの緑がかった虚ろな眼球を見ることはできなかった。彼らは夢を見ながら歩き、聖歌を歌い、祈りを唱えている。深い眠りの中で、夢遊病者の眠りの中で三人を担い、洞穴の石の淵を、深い谷や滑りやすい岩を、水晶の泡でできた広大な会堂や神殿を抜け、天井の低い狭い通路を通っていく。

いったい彼らの足取りの確かさはどこから来るのか、その力強い手でほとんど触れることなく重荷をうまく巧みに担い、あらゆる危険を乗り越えて歩む、その崇高なまでの落ち着きはどこから来るのか。

この疑問を確かめようと思い、なんとか視線を、人間の眼を見つけ出して、そこに自分の顔を認め、自分の視線を、自分の目覚めの姿をそこに見出そうとしたが、空しかった。せめて子供の視線を、道の左右両わきに、頭上の神殿のような水晶の回廊に、白い衣装をまとって立っているあの天使たちのだれかの視線をとらえることができたらと思ったが、空しかった。子供たちのひとりが人間らしい天使のような瞳でこちらを見たような気がして、子供たちのだれかが彼の視線を求めているような気がして、そちらを見やると、その子はもう目をそらし、その目に鉛の瞼《まぶた》と光を通さぬ睫《まつげ》の幕をおろし、ほとんど目をつぶったまま、ひたすら歌を歌い続け、ただ丸い、魚の口のような口だけが開くのだ。そして彼、ディオニシウスは、その隠された視線に、その魚のような口に、虚偽を、意図的な放心を、恐怖か畏敬を、あるいは夢遊病者の睡眠を感じるのだった。

なぜなら、そんな歩き方ができるのは、夢遊病者だけなのだ、万物の主の手に導かれ、足元の深淵が見えない者の大胆さに導かれ、いにしえの神の力に運ばれ、月を崇《あが》めた祖先の信仰をいまだに記憶している肉体の異教の力に運ばれていく者たちの狂気に導かれ、奈落を越えていくのだ。彼らの足取り、差しのべられた手、それは異教の月の女神の崇拝であり、そこから祖先の霊が彼らを招くのであって、その足取りは血の呼び声、時間の呼び声でしかありえない。だから、ディオニシウスは自分からあえて口をきこうとはしなかった。眠る異教徒を起こしてしまうかもしれない、祭りを祝い、異教の女神を崇めるために、この洞窟に集まってきたあの夢遊病者たちの目を覚ましてしまうかもしれない。外には、疑いもなく満月が輝いているのだから。

8

そこで乾いた唇をかろうじて動かして心の中で祈りを囁くほか、あえて口をきこうとしなかった。この夢遊病の魔法から自分も目を覚ましてしまうかもしれない、そうすれば、皆が足元の暗い深みへと落ちていくだろう。彼らはその深みを越えて、湿ったランプに照らされたじめじめした洞窟をほとんど音もたてずに裸足の足をひきずりながら、彼を運んでいくのだ。彼が声をたてたり目を覚ましたりすれば、暗い深淵に、今まさに彼を腕にかかえてそこから、斜めに、上へ、運び出そうとしている深淵に、皆を引き込むことになろう、そうすればだれもが目覚めを恐れて、足元に口を開けている奈落の底へ、暗い洞穴の火口へと落ちていくだろう。そこは松明の光すら届かないが、その深さと底知れぬ淵は、彼の夢遊病者のように目を覚ましている意識の中にあるのだ。彼を運ぶ者の裸足の足の下で石が落ち、岩から岩へ跳ね返り、音を反響させながらすごい速さで転がっていくのが聞こえ、それから次第に静かにゆるやかになり、こだまのように消えていった。音は止まったのではなく消えたのだ、なぜなら音は底には届かなかったのだから、目を覚ましたがまだ眠たそうな意識が底に届かぬように。

それは夢なのか、それとも彼の眠りかけた意識の見る夢遊病者の幻、彼の異教の肉体の夢なのか。なぜならそれは、彼の肉体は異教の祖先、月の神、満月の神の崇拝者から生まれ、その祖先が今、彼を招いているのだから。外はまぎれもなく満月か新月で、祖先の霊、種族の母と種族の父の霊が目覚め、彼の異教の肉体を招き、異教の血を誘うのだ。

それとも、それは彼の魂の昇天なのか、魂が肉体を、キリスト者の魂が異教の肉体を、罪深い肉体が慈悲を受け罪を赦された罪深い魂を離れる時なのか。

それは夢なのか、神の仔羊のごとく膝にのせられ、ヨハネの横を運ばれていくあの犬は。そして生贄《いけにえ》の仔羊か異教の偶像のようにキトミルを抱きしめ、淵や谷を越えて運んでいくあの少年、良き羊飼いのように犬を強く胸に抱きしめ、地面を見つめているあの少年は、夢なのか。濁った青緑の、眠りの底翳《そこひ》に覆われたキトミルの目を、李《すもも》の実のように緑で青い目、半眼に開かれた目、ほとんど光の消えた盲《めしい》の目を見ようとさえしないあの少年もまた、夢なのか。ディオニシウス自身も、キトミルの視線をとらえることができない、今、少年が犬といっしょに彼のかたわらに立ち止まり、地面に届くほど身を屈めてほとんど四つん這いになりながら三人を運んでいる者たちを、狭い道で先にやり過ごそうとしているのに。そして彼、ディオニシウスは、石の上を漂うように、変わらぬ半臥の姿勢で、頭をわずかにもたげて彼を運ぶ者の胸にもたせかけ、運び手たちが静かに、控えめに息づいているのを聞いていた。もう少年もいないし、キトミルもいない。少年は洞穴の狭い入口の前で立ち止まり、あの三人、つまりヨハネとマルフスと彼、ディオニシウスを運ぶ者たちをやり過ごそうと後に残っていた、狭い火口の入口の前で視線を落とし、自分の番を待っていたのだ、青い目のキトミルを膝に抱いたままで。

9

狭い通路の両側からきらきらする光が射し込んでいた、背後からの光はもうほとんど見えなかったが、前方の、廊下の奥の光は、だんだん明るくなり、ポリフェムの巨大な、かっと開かれた顎の鋭い歯のあいだを透かして射していた。まぎれもなくそれだ。あの洞穴のかつての入口だ。今また思い出したのだった、神に祝福された牧人ヨハネが最初の夢か最初の現の中で話してくれた話を思い出したように。今は通路が広げられ、いやそんな気がしただけかもしれないが、自分を運ぶ者たちの肩ごしに、洞窟のその場所では岩が傷だらけで、折れた犬歯がむき出しになっているのが見えた。先端が光り、平らで、透き通るように白く、新しい斜めの切れ目が塩のように白く輝いている、それが錆色の低い切り株の上にあった。

それもまた夢だったのか。

まだ力強い運び手たちが彼ら三人を洞穴から運び出さないうちから、もう足元でうごめきはじめ、蛆虫のように身をよじり、足や手に接吻しようとしたあの身体の不自由な人たち。穢《けが》された天井と、羊飼いたちが石かナイフでその硬い岩に刻んだに違いない絵ではっきり記憶していたあの洞窟の入口。それもまた夢だったのか。そこにはかつて偽りの偶像や羊飼いの罪深い手で壁に描かれた驢馬の頭の絵があり、岩には、人の手の届くかぎり、淫らな絵があり、人の汚物の悪臭があったのである。

ところが今や、なんとその淫らな絵も驢馬の頭の絵も消されている、石はまだ引っ掻いたり削ったりした跡もなまなましい。人の汚物の臭いはしない。汚物もきれいに片づけたにちがいない。洞窟の岩には今、割れ目に突き刺した明かりやいい匂いの松明が燃え、天井は花や月桂冠や金をちりばめたイコンで被われ、床には花が絨毯のように撒かれ、そこを彼を運ぶ者たちが裸足で踏んでいき、人々は聖歌を歌い祈りの言葉を囁いている。

盲の者や手足の動かぬ者は、蛆虫のように身体をよじりながら、足元に群がり、彼の身体に口づけしては、くぐもったおぞましい言葉で請うのだ、愛と信仰、太陽と月、生と死、地獄と天国にかけて哀願し、視力を戻せ、傷と動かぬ手足を癒せ、日の光と信仰の光を返せと哀願しては呪うのだ。

これは夢なのか、それとも悪夢なのか、嘆願し哀願する手足の思うままにならぬ者たち、彼の身体の慈悲を求め、治癒の慈悲を求めて杖で叩き合い、爪で引っ掻き合う不幸な者たちは、夢なのか。自分は無力で、不幸な者や手足の不自由な人たちに声もかけられず、何もしてやれないのに、その目の見えない無力な人たち、思うように体を動かせない人たちを、力強い若者たちが行列の進む道から押しのけ、わきへ押しやろうとする、それは夢なのだろうか。その苦難や苦悩、自らの無能をどうすることもできない無力感、哀願し嘆願するこの惨めな者たちに何もしてやれない救いのなさ。自分が無力であることを告げて、彼らの慈悲を乞い、人間らしい言葉を求めることもかなわない、自分を信じてほしい、自分にはどうすることもできないということを信じてほしいと頼むことさえできず、呪ったり哀願したりして彼らの同情をひき、教えてもらうこともできない——自分はいったいどうしたのか、彼を見上げる、その死んだような盲《めし》いた目を、血走って恐ろしげにぐるぐる回るその虚ろなおぞましい目を、彼を求めては見出すその盲の者の目を夢に見ているのだろうか。なぜなら、それは彼が見た唯一の目、彼に向けられた唯一の目で、哀れんで彼を見たのであった。手足のない身体を引きずってきて、氷のような唇で足に口づけする者たちでさえも、彼を見てはくれなかったし、彼を抱き哀願するのに視覚も視線も用いず、ただ半ば抱擁するように切り取られた両腕を差し上げるだけだった。切り株のような腕を半ば祈るように恐ろしげに組み合わせているのだが、その先端は肘《ひじ》で、傷ついて半分となった腕の奇怪な皺《しわ》や縫い目が見えるのだった。

それは悪夢なのか、彼のその昇天は。それは肉体が通り抜けなければならない煉獄の悪夢なのか、それは、その人間の恐怖の光景は、魂が昇天を前に地獄を思い出すために、罪深い肉体の受ける最後の罰であり、最後の警告なのだろうか。

それは悪夢なのか、それとも彼の肉体と魂の受難にすぎず、彼の肉体を焼き切り刻むために運んでいく地獄そのものなのか、そしてこの祈りとこの敬虔な歌、この光とこの腕に支えられ、天使の翼に乗せられた歩み、それは失われた楽園を魂に思い出させ、天国の園と喜悦が罪深い魂にふさわしくないことを思い出させる、魂の最後の試練で、だから主は魂がせめて歓喜と喜悦を感じるように、香や没薬《もつやく》の香りを、祈りの慰めを感じるように、魂を堕ちた天使の翼に乗せて園のあたりに連れていくのか。そうすれば、思い出の中に祈りと歌が鳴り響き、思い出の中に松明や香がかぐわしく香り、追憶の中に光が、天の光の兆しが生きていて、地獄の苦しみがいっそう重くなるからだ。

10

あれは夢なのか。夢なのか、あの神の日の光は。群衆は洞窟の入口から離れ、あたりに立っていた人の群れの壁に扉が開くと、新しい光、まぎれもない神の光、忘れられていた光、遠くて近い光が、晴れた日の光、生命と澄んだ視覚の光が見えた。そのとき、突然、彼に降りそそいだあの光、あれは夢なのか。

初めに天の蒼穹《そうきゅう》だけがあった、遠く、自身の輝きに、空の青さに照らされ、頭上遥かにあった。天の青海原は、静かに安らかで、満ち潮で水面が高まっていた。次いで、その空の穏やかな蒼さに白雲をいくつか見たような気がしたが、それは天の仔羊、羊の群れ、草を食む天上の白い群れではなく、蒼穹の満ち潮を泳ぐ幾筋かの白い羊毛にすぎなかった。それは人間の目が、彼の目が、空の青さを疑ったり、彼の魂が幻を見たりしないほどのものだった。

なぜなら、それは疑いもなく神の日の光であり、疑いもなく空の蒼い光か、さもなくば彼の昇天だったからだ。それとも、それもまた夢だったのか。運び手の力強い肩に担われ、船に乗せられたように揺れながら、洞窟からまだ完全に抜け出さないうちに、もう目がひとりでに閉じてしまったほどの眩しさ、その光は水のように彼に降りそそぎ、彼の魂は聖水に沈むように、その青く輝く波に沈んでいき、首まで浸かり、光が魂の遙かな思い出から、どこか遠い夢からくる温かな歓喜で彼を満たし、光明のように、天使の翼の炎のように、彼の目を打ったので、彼は、今度は突然、しっかりと、痛いほどしっかりと目を閉じた、そう、闇や幻ではなく光のために。そしてその違いを感じた、固く閉じた瞼の裏に感じた。意識の中で、どこか額の中心、前頭骨の裏、真ん中のあたり、両目のあいだ、視神経の根、視覚の中心に真紅の輪が、真紅や紫、青や黄や緑、そしてふたたび真紅の輪が揺らめいたからで、それはまぎれもなく光であって幻ではなかった、あるいは幻視にすぎなかったかもしれないが、光だったのだ。

11

それもまた、ああ、夢ではなかったのか、肉体の幻覚や幻視ではなかったのか、夜と月の境界、暁と月光の境を越え、昼と朝日の光の中へ、月の女神と永遠に戦い続け、今もまた、見よ、玉座を奪われた妬み深い女神の見せかけの偽の光を追い散らすためにやって来る、あの永遠の神の光の中へ踏み出した夢遊病者の幻覚ではなかったのか。だが、それは光であった。自らの炎と煙の中に、瞬きと高揚の中に、火と燃えさしの中に身を焦がしながら、自らを蝕《むしば》み崩し、灯し消し、追いつめ窒息させるような、仄かに揺らぐ光ではない。それは真に光であった。

冷たい月の光ではなく、神の日の光であった、しっかりと閉ざされた瞼を透かして見える太陽の光、紅い炎のごとく濃い睫を通して入り込む光、毛穴を通して入り込む光、洞窟の冷たい闇から浮かび出た肉体のあらゆる部分に感じる日の光、温かな至福の光、生を授ける神の日の光であった。

これもまた、ああ、夢ではなかったか。

その紅《くれない》の色が血の中に流れ込むと心臓は躍動し、血が身体を巡りはじめる、一度に温かく喜びに満ちた血、一度に紅に染まり生気をおびた血が。温かい皮膚をまとうようにその太陽の温かい外套にくるまるのだ、絹の衣をまとった彼の肉体を、湿って冷えきった皮膚を、金糸で織った軽やかな太陽の外套が包むのだ。

あるいは、これもまた夢だったのか、長い眠りと休息のために鈍くなっていた鼻孔に染みる新しい土の香、温かい土の香、草の香や植物の香、湿った洞窟の空気の後では林檎《りんご》のように香る現世と生の至福の息遣いは。

これもまた夢だったのか。彼の精神と肉体の至福の飲み物、眼も開けていられなかったあの眩しさ。閃光があまりにも強く額を打ったので、光は赤や黄、青や紅や緑の闇に変わり、しっかり目を閉じたままでいなければならず、瞼の裏には、生け贄の熱い血に頭を沈めたような、深紅の温かい闇があった。

12

揺り籠の子か母の背に負われた子のように、運び手たちの肩の上で揺れていた。野原で、炎天下、至福の疲れに目を閉じ、ただ太陽の光の温もりだけを肌に、感覚を失った手足に、しっかりと閉じた瞼の裏に感じていた、母の背に眠る子のように。

その大きな光とその香に我を忘れ、意識と無意識の境で、巡礼者たちの祈りと歌を、天使のような子供たちの合唱を、楽器の鳴る音を、ツィターのすすり泣く声や笛の嘆きを聞いていた、湧き上がる歌声の潮の中を、響きわたる天使のラッパの音の中を泳ぎながら。

次々と押し寄せる新しい声、群衆の声、嘆きと泣き声、呪いと哀願の波に打たれ、次々と新しくなる匂い、突然、鼻孔を突く群衆の匂いと汗の臭いの翼に運ばれ、湿気と闇でミイラのようになった彼の肉体の氷山を太陽の赤い温かな血が巡りはじめると、彼は運び手たちの臭い、剃り上げた頭の臭いと饐《す》えたような腋臭《わきが》を感じた。そして、同じように、彼ら三人が柔らかな仔羊の皮を広げた牛車に移されたときには、忘れていた牛の匂いを感じた。

柔らかな枕に頭をのせて、船中に横たわるように牛車に横たわり、車輪の軋む音に耳をそばだてていたが、ゆったりと大儀そうに軋む音には、歌声と泣き声が入り交じっていた。つぶっていた瞼をわずかに開くと、そこには昼間の光が刻み込まれ、眼球に鋼《はがね》の剃刀のような痛い切り傷をつけたが、そのとき、かたわらに、左右に、友ヨハネとマルフスの顔が、彼の顔もそうだったにちがいない、言葉なく、表情もない顔が見えた。目を半分開き、彼らも、創世の奇跡を見るように、紺碧《こんぺき》の空を見つめていた。

それもまた夢だったのか。温もりに身じろぎひとつせず、急に安らぎを感じ、子供のように黙って太陽と神の日の光に身をゆだね、天穹に、もはや一片の雲もない天の蒼穹に、忘れられていた青、癒しの青、奇跡の青を示す天穹《てんきゅう》に、目を向けていた。それもまた夢だったのか。

そして肉体から濡れた、ぬめぬめと粘るような暗闇の殻《から》が落ち、彼は肉体の喜びを感じた、肌や腸《はらわた》や骨の子供じみた喜び、骨髄と脳髄の喜び、動物の、両生類の喜び、蛇の喜びを。それは産みの苦しみの中で肉体が暗黒の抜け殻から、湿気と黴《かび》の殻から、じめじめした古びた闇の固い外皮から解き放たれる時であった。闇は、じめじめした古びた闇は、毛穴を通して感じやすい血まみれの表皮まで染み通り、蛇の毒のように、肉まで、骨まで、骨髄まで、温かい太陽の光も巡る同じ道筋をたどり、肉体に滲みわたる。

それは夢だったのか。肉体に生命の光、再生の汁が戻り、血がふたたび赤く染まるように、日の光を浴びて骨髄から闇を絞り出し、肉体から湿気を発散させて緑色の蛇の毒を毛穴から押し出したのは。

これもまた夢だったのか、目の前で洞窟の墓の重たい岩が開かれ、天の光が彼を照らした、その瞬間は。

13

今、ふたたび洞窟の闇の中で、痛いほどはっきりすべてが思い出された。冷えきった肉体は温もりを覚えており、血は光を覚えていたのだから、目は空の青さを覚えており、耳は歌声と笛の音を覚えていたのだから。

ところが、見よ、今はまたすべてが静かで、暗黒に閉ざされ、死んだように身動きひとつせず、動きがなく、光もない。だが、それでも彼は光を思い出す、寒そうに、官能的な憧れ、ぞっとするような記憶をもって思い出す。まるで、あの夢か現の中で太陽の光が彼に触れたときのように、太陽が肩に射し、腰に届いたときのように、太陽が、あの夢か現の中で、腸《はらわた》に芽吹き、血の中にさらさらと流れ、骨を温めたときのように。

ところが今は、見よ、すべてはまた肉体の墓、魂の牢獄にすぎない、暗黒の帝国、黴の宮殿、心臓に、皮膚に、骨髄に、脳髄に入り込んだ緑の黴の宮殿にすぎない。彼はいたずらに確かめようとする、乾いて感覚を失った指で湿った冷たい石に触れ、空しく瞼を上げ、空しく指で瞼に触れ、洞窟の目に見えない天井からしたたる目に見えない滴《しずく》によってぼろぼろにされたその沈黙も、わずかなせせらぎの音に削り取られていくあの暗黒も、すべては夢か幻ではないのかと、確かめようとする。歌声や笛のすすり泣きを聞こう、今もなお鮮やかに思い出される歌、身体が記憶する歌を聞こうと、彼は空しく耳をそばだてる。

無駄だ。ただ記憶が虚ろにこだまし、静寂が洞窟に響くばかりである、静寂の音、時間の沈黙が。暗黒の光が。夢の水が。水が。

14

車は揺れながら町へ入る、頭上高く市の門の天井が、白い石のアーチで一瞬、青い空を横切ってそびえていた、目に見えぬ岸にかけられた橋、石のアーチが。それは感覚を失った、死にかけた肉体のかたわらにじっと横たわる彼の手の届きそうなところにあった。

アーチからは、石のひび割れたところに、緑の草の葉が、二、三本の緑の葉が、あるいは白い、二股になった草の根、あるいは石の中心から生えてきた野生の羊歯《しだ》の錆色の葉が、姿をのぞかせていた。いや、それは夢ではなかった。市の門の天井の影で縞模様に切断された太陽、羊歯、草、手の届きそうな苔。いや、それはけっして夢ではなかった。

なぜなら、空を、水を、火を夢に見ることはできるだろう、男と女、とりわけ女を夢に見ることはできよう、現の中の夢や夢の中の夢を見ることはできよう。だが、それはけっして夢ではなかった、その白い切石、その天井、その堅固な城邑《じょうゆう》は。

15

牛にひかせた車は確かに真実で、市の門の天井の下を軋《きし》み揺れながら進み、道の両側の家並みの影を通り抜けていったが、彼には家はほとんど見えず、石になり、驚きか眠りのためか動かなくなった目で高みをずっと眺めたままだった。ただ影が顔や疲れた眼に落ちるとき、かたわらに、左右に、石造りの高い家の石の存在を感じるのだった。軒の低い小屋の石の存在も感じられた、それは日の光をさえぎることはないが、やはり存在していて、目には見えぬが、確かにそこに在るのだ、頭上の空よりも、牛車の軋みよりも、祈りを呟き聖歌を歌いながらついてくる群衆の声よりもありありとそこに在るのだ。

16

「ああ、幸いなる人よ、皇帝の前に出るのだ」――いや、それは夢ではなかった。顔は思い出せなくとも、あの声は、歓喜に満ちた声、怖れか興奮でかすれた声は、まだ思い出すことができるだろう。「ああ、幸いなる人よ」

そして見たのだ、車の中に身動きできずに横たわったまま、彼の上に身を屈めた若者の赤髭と明るい青い目を見たのだ。後ろからだったから、その顔は彼の顔とは反対を向いていたが、彼のほうに乗り出すようにしたので、日の光がさえぎられた。「ああ、幸いなる人よ」彼、ディオニシウスに話しかけているのだろうか、それとも夢と幻が彼の意識をいまだにもてあそんでいるのだろうか。

若者の瞳を見つめると、うすうす気がついた、その瞳が、ためらいがちにおそるおそる、だがどこか若者らしいなれなれしさで、ディオニシウスの視線を見つめ求めているのを。

そして黙って眺めるうちに、ディオニシウスは見たのだ。薄い唇が赤髭といっしょに動くのを見て、若者の唇から言葉を読み取ったのだ、耳が言葉を意識に届けるよりも早く。「ああ、幸いなる人よ」

それは嘲笑や揶揄《やゆ》ではなかったか。彼自身の夢の声、彼自身の幻の声ではなかったか。

そこでディオニシウスは言った。「おまえはだれだ」、彼の内部から、突然、湧き出た声は、ほとんど聞き取れないほどだった。あの明るい青い目から先程のなれなれしさが消えたようで、一瞬、ディオニシウスから視線をそらすと、先端の赤い睫が目を覆い、あの唇だけがまた動きはじめた。

「ああ、幸いなる人よ。私はあなたの奴隷であり、あなたの主の奴隷です」

それもまた夢だったのか。あの口ごもるような唇や震える髭は。

「デシウスは私の主ではない」と彼は言った、獅子たちの咆哮が聞こえるだろうと思って。だが、見よ、獅子の咆哮を聞き漏らすまいと目を閉じるうちに、赤髭の若者の顔は消え失せ、頭上にはふたたび大きな空が広がるばかりだった。

17

突然、あたりを静寂が包み、民衆の単調な嘆き声や歌声にとってかわった。車輪がでこぼこ道を軋みながら曲がりくねって進むのをやめ、牛車はぴたりと停まった。

それもまた夢だったのか。長い混乱やいろいろな声やさまざまな苦難の後で、突然、魂に宿ったあの安らぎ、それもまた夢だったのだろうか。群衆の声はすっかり静まり、車が軋む音も、荷台の擦れる音もやんだ。それまでずっと斜めに、顔に降りそそいでいた日の光は今や消えた、彼には見えない玄関にさえぎられて。彼の身体は柔らかい仔羊の皮の外套に横たわっていて、羊毛の匂いが鼻孔から染み込んできた、糸杉と笠松の匂いも、晴れた日の匂いも、暖かな酔わせるような海の匂いも。

車輪の悲鳴を聞きながら、まるで揺り籠のように車に揺られてまどろんでいた、感覚を失った肉体は、その軽い骨、空っぽの腸《はらわた》、静まり返った心臓、乾いた皮膚は、今や肉体の安らぎと軽やかな呼吸に身をまかせていた。それ自体、目を覚ました子供のようだった。

いや、それは夢ではなかった、その安らぎ、その輝きは。

18

ディオニシウスは自分の左右を見て、これは夢だろうかと自らに問うた、馥郁《ふくいく》たる夏の日を浴びて肉体が不思議にも昇天していくのがわかったが、それより早く、甘美なプリスカの名を思い出し、彼の肉体はたちまち至福にあふれ、空気は薔薇のように香った。

ああ、喜びよ。

そして、そのとき宮廷の扉を前に、民衆はすっかり静まり、車の軋む音もやみ、魂に甘美なプリスカの名が刻まれ、鼻に薔薇のように香り、安らぎが、歓喜の潮が押し寄せたその瞬間を、彼の肉体、彼の心臓が思い出すと、今またこの洞窟の暗闇の中で、この永遠の墓の中で、その瞬間を思い出すと、それだけでもう彼の内部にはぼんやりとした過去の幸せが目覚め、追憶の吐息に心震え、肉体は遙かな光と温もりに満たされたが、すべてはまた、精神の苦悩と時間の闇に変わった。

19

洞窟の暗闇の中に横たわり空しく目を瞠《みは》り、友マルフスを呼び、神に祝福された牧人ヨハネを呼び、緑の目をした犬キトミルを呼び、主を呼んだ。暗黒はタールのように濃く、静寂は永遠の墓の静けさだった。聞こえるのはただ目に見えない天井からしたたる水の音、水時計の中で永遠が挽《ひ》かれる音だけだった。

ああ、だれが夢と現を分かつのか、昼と夜を、夜と暁を、追憶と幻を分かつのか。

だれが眠りと死のあいだに明確な印を置くのか。

だれが、ああ、主よ、現在と過去と未来のあいだに境を引き、明確な印を置くのか。

だれが、主よ、愛の喜びと記憶の悲しみを分けるのか。

主よ、望みを抱く者は幸いである、彼らの望みは叶えられる。

主よ、昼と夜とを知る者は幸いである、彼らは昼を楽しみ、夜と夜の安息を楽しむ。

主よ、過去があり、現在があり、未来がある者は幸いである、彼らの人生は水のごとく流れていく。

夜、夢を見、昼、夢を思い出す者は幸いである、彼らには喜びがある。

主よ、夜、どこへ行ったかを、昼、知る者は幸いである、昼は彼らのものであり、夜は彼らのものである。

主よ、昼、夜の旅を思い出さぬ者は幸いである、昼の光は彼らのものとなる。

20

セリウスの丘の暗い洞窟で、死者のごとく腕を組み、仰向けに横たわっていた、彼ら三人、ディオニシウスとその友マルフス、そして少し離れて、神に祝福された牧人ヨハネが、それにキトミルという名の犬も。

死せる者の死せる眠りについていた。

おまえが、たまたまそこに行き合わせ、そんな姿の彼らを見たら、背を向けて逃げ出すだろう。さもなくば、恐ろしさのあまり身が竦むだろう。

未知を映す鏡

この話はいきなり《イン・メディアス・レス》始まりはしない、始まりはゆるやかだ、ちょうど森に宵闇がせまるように。それは深い楢《なら》林で、あまりにも深いから沈む太陽の光は、揺れる木の葉の気まぐれで、ほんの一瞬、梢のあちこちから漏れ、地面に血のような染みをつけてはすぐに消え失せる。少女はそれには気づかない、一日がもう終わろうとしていて、あたりが暗くなってきたこともわからない。少女は他のことに気を取られている。目の眩《くら》むような速さで栗鼠《りす》が跳ねるのに見とれているのだ。長い尻尾が木の幹を滑っていく、すばしこくて、まるで二匹の動物が競走しているように見える、動きも速さもそっくりだが、しかし別々の二匹の動物が。一匹目はあの本物の栗鼠だ、すべすべした栗毛、その後を追うもう一匹は、もっと長くて明るい毛をしている。違うわ（少女はなんとなくそう思った）、双子じゃない、でも本当の姉妹なんだわ、お父さんもお母さんも同じ。ハナとミリアムとベルタ（つまり彼女自身のことだ）の三人が血を分けた姉妹で、お父さんもお母さんも同じで、互いに似ているけれど、やはりどこか違うのと同じこと。ハナとミリアムは、例えば、黒い髪をしていて、それこそ真っ黒だけど、彼女、ベルタは赤毛で、燃えるように赤い髪をお下げに編んでいるのが、ちょっと栗鼠の尻尾みたいだ。夜の帳《とばり》が森におりてくるあいだ、湿った木の葉を踏みながら、少女はそんなことを考えていた。それから、まるで夢を見ているように、柄の長い茸《きのこ》を見つける、長柄の茸の群れだ、それが毒茸であることは、だれに教わったわけでもないのに、少女にはよくわかっていた。恐ろしげな姿で、それとわかる（少女はまちがっていない、少女の思った通り、それは毒茸で、Ithyphalus Impudicus というのだが、そんなことは少女は知らないし、知るはずもない）。エナメルの靴で茸を踏みつけ、怒ったようにへし折る。靴は、ほら、絨毯を踏むように木の葉を踏んでいるから、泥だらけじゃない。ただ、ぴかぴかのエナメルの表面はうっすら曇っていた、林檎《りんご》の表面に薄い膜がかかったか、それとも、はっと息を吹きかけた鏡のようだった。それからふと思い出して、ポケットからかわいい丸い鏡を取り出した。セゲドの市《いち》で、父がジプシーから買ってくれたものだった（髭をたくわえた若いジプシーの男は片脚が不自由で、金歯だらけだったが、銅の鍋を売っていた。これはその男が持っていたたったひとつの鏡だった。旦那、どうか買ってやっておくんなさい、お慰みに、お安くしときますよと頼み込んだ。今日の商いはさっぱりで、子供は病気で、死にそうなんで……。ジプシーのやり口か）。

少女は手鏡を顔に近づける、一瞬、何も見えない。ほんの一瞬。

その田舎道は、西に向かえば、マコまで行き着くのだが（そこから少し北東に曲がれば、ペシタへも行ける）、この季節には通りやすい。洪水の季節にはまだ早く、マロシュ川もあふれてはいなかった。その道はアラドの町外れのすぐ裏手から始まる——砂利道は煉瓦《れんが》工場のあたりでぷつりと切れて田舎道になるのだが、夏は埃っぽく、秋はでこぼこでぬかるんでいる。すっかり冠水していなくてもそうなのだ。だが、雨が降っただけで、埃は黄色の泥となって車輪や輻《や》にねっとりとつき、馬の蹄《ひづめ》は練り粉のような粘土にはまり込む。軽い二輪馬車も金持ちの紳士たちの黒塗りの四輪馬車も泥濘に深い轍《わだち》を残していくほどだから、図体の大きいのろまな二頭の馬をつけたこの重い手製の馬車ではなおさらである。

覆いのない前の席には四十がらみの紳士が坐っている。大きな黒い目に、疲れた瞼が重たげだ。硬いつばの、少々くたびれた帽子をかぶっている。手綱《たづな》を片手にゆるく握り、経験を積んだ御者のように、左右の紐を鹿革の手袋をはめたその大きな掌《てのひら》に合わせ持っていた。もう片方の手には鞭の柄を握りしめていたが、それは真新しくて上等な竹製の柄で、先のほうに銅の飾りがつき、細い革紐が巻き付けられており、赤い房飾りの先、編まれた革紐の終わるあたりでしっかりした鋭い鞭となって、蛇のようにヒューという音をたてるのだ。

持ち主がこの鞭を使ったのはこれまで一度だけで、それはアラドを出て、砂利道が田舎道に変わるところだった。実は、正確に言えば、二度使っている。最初は店の前で、空を打って、試し振りをした。ちょうど猟銃の品定めをしているときで、客は銃を肩にあて、首をかしげ、左目をつむると、折から柱時計から飛び出した郭公《かっこう》に照準をつけ、そして、狙いが定まると、「パン、パン」と言い、肩から銃を下ろして、二つに折り、銃身をのぞき、細工を施した銃床を眺める（疾走中に突然、立ち止まった鹿の浮き彫り）、そして銃の重さを見積もるうちに、郭公は紅い薔薇と緑の葉の描かれた小さな観音開きの扉の向こうに消えてしまう。小粒の散弾が左右の銃身からほぼ同時に発射され（パン、パン）、郭公をすっかり粉々にしてしまったとでもいうように消えたのである。猟師は郭公が蔓薔薇の生い茂る扉の陰に身を隠すより一瞬早く仕留めたので、郭公は三度、カッコーと鳴くのがやっとだった。時計の針はぴったり三時を指したが、アラドの商人ローゼンベルクの店は数分前に開いたばかりで、我々の買い手、いや買い手になるかもしれない客が、この日の午後、店を訪れた最初の客だった。

さて、客は銃を置くと（ちょっと惜しい気がしないでもなかったろう）、店の隅にあった五、六本の同じような、どれも竹製で長さも値段も同じ鞭《むち》の中から一本を手に取り、たくましい両の掌で柄を握りしめ、曲げてみた。乾燥した竹はぱちぱちいいながら、しなやかに曲がった。それから二、三度、長靴の胴を打ってみたが、それでは足りず、店の前の通りに出ると、老練な馬丁がするように、頭上で鞭を振り回した。鞭は蛇のようにヒューという音をたて、嬉しくなった鞭の持ち主はそのとき急に、鞭の柄の動きの向きを変えて、ぐいと手元に引いたが、それはちょうど大きな蝶鮫や鱸《すずき》が餌にかかったときに竹の釣り竿を引きつけたり、あるいは森の中で馬車の手前に熊が飛び出すとか、さもなくば二人組みの追いはぎが現われ、ひとりが馬の端綱をつかみ、もうひとりが二連発銃を御者の胸に向けて手綱を奪おうとするとか、そういう咄嗟の危険に手綱《たづな》を引きしめる、そんなときのようだった。鞭を打つ音がした、猟銃を撃つような激しい音、あるいは、ほとんどそれと同じくらい激しい音がして、人気のない通りにこだました。

二度目にして最後に、買い手が鞭を使ったのは、アラドの砂利道をおりて、でこぼこ道にかかったときだった。これが本当の試し振りで、無駄に打ったのではなかった。たった一度だけ馬(バルデマルとクリスティーナ、そう呼ばれていた)の頭上でひと振りし、馬の耳の上で空気を引き裂いたのだ。ぼんやりしていた馬ははっとして、重くずんぐりした図体で、泥の中を駆けだしたのだが、後部座席の少女たちは大喜びだった。二人は抱き合って金切り声をあげたが、恐くてそうしているようで、その実、狂おしい疾走が面白くてならなかったのだ。

紳士は英国製のツイードの背広を着込み(買ったばかりの新品の鞭に気をとられて、

言い忘れたりしないようにしよう）、その上にマントをはおっていたが、そのマントもまた柄は違うがやはり英国製のツイードだった。見たところ、見かけに騙されないかぎり、目に見えて疲れてはいても、まったく満足そうだったが、それは買ったばかりの鞭のせいだけではなく（それは些細なことだ）、疑いもなく、仕事がうまくいったためでもあった。なぜなら、（なんと言っても）よく言う「良家の子女」とともに、娘たちを女学校に入学させるのは、なかなかの仕事なのだ。そう、然るべき人の口利きが必要だったし、それにはいくばくかの金、つまりちょっとした贈答品も用意しなければ……。だが、エホバの神のおかげで、今やそれは首尾よくいったのだ。ハナとミリアム——上が十四歳、下は十三歳——の二人はアラドのゴルドベルク夫人の許で暮らすことになるが、ゴルドベルク夫人は、厳しい潔癖な人で、潔癖すぎて結婚もしなかったほどである。もっとも、本当のところ、それほど貧しいわけでも、いわゆる魅力のない人でもなかったから、彼女を幸せにできそうな誠実なユダヤ人の男性くらいいなかったわけでもあるまい。そんなことをたぶん、考えながら、ブレナー氏（彼はそういう名前だ）は、車輪が草むらにぶつかると、軽二輪もどきの馬車の御者台で身体を躍らせるのだった。セゲドまではまだだいぶある、少なくとも二、三時間はかかるだろう、だがべつに急ぐことはない。鞭はあれからただの一度も使わなかったし、手綱を引きしめることもなかった。馬はこの道をよく知っている、よくこの同じ二輪馬車（と呼ぶことにしよう）をひいて、アラドとセゲドのあいだを往復している、なぜならブレナー氏は少なくとも月に一度は商用でアラドに（そればかりかマコやテミシワル、ケチケメット、スボティツァ、ノビ・サド、ソルノク、そしてペシタにさえ）出掛けていたのだから——馬車で。というわけで、馬車は馬どもの本能にまかせ、自分はさまざまな思いに身をゆだねていた。中央ヨーロッパのユダヤ商人が、自分の死ぬ日にどんなことを考えるものか——想像するほかはない。同じように、中央ヨーロッパのユダヤ商人の娘たち（十四歳と十三歳）が女学校入学の第一日目に、見知らぬ大きな世界と初めて出会った後に、何に思いを馳せ、何を夢見ていたのかも、おぼろげに推察できるだけである。別世界との出会いの後に。

　母方の遠い親戚にあたるゴルドベルク夫人が二人の気に入らなかったことは、疑う余地もない。口元の産毛《うぶげ》が濃かったせいだけではなく（ハナはこっそり妹の耳に囁いた。「髭よ」）、最初から存分に厳しいところを見せつけたからだった。ともかく、まったく無意味な厳しさなのだ。今日の昼食のときには、レンズ豆スープを食べた後の皿をパンで舐めるように拭き取らせた。それから、あの助言ときたら、二人とももう大きな娘なのに、まるで子供扱いするのだ。これはやってもいい、あれはやっちゃいけない。これは上品《ホッホ》で、これは上品《ホッホ》じゃない。というわけで、ゴルドベルク夫人、つまり正しくは、ゴルドベルク嬢は女の鑑《かがみ》ですよ、と母が二人に話してくれたことは、ぜんぶ無駄だった。もしこの人が「女性の鑑」だとしたら（と、ハナは妹に耳打ちする）、なぜ結婚しなかったのかしら、どうして豆スープのお皿を舐めるようなお婿さんが見つからなかったのかしら。ミリアムも賛成し、声には出さず、同意の印に瞬《まばた》きだけしてみせる。その通りだわ。ゴルドベルクさんって口うるさいオールドミスなのよ。そうよ。で、学校について言えば……。悪くはないわ、先生は美人で、若くって、親切だし。セゲドじゃ見かけないような帽子をかぶっていらっしゃるの、リボンと羽根飾りがついている、そしてドレスはきっとペシタでお誂《あつら》えになったのよ、ウィーンとまではいかなくてもね。けれども、認めざるをえないが、女学校はいささか二人をがっかりさせた。外観は申し分ない、いかにも学校らしかった。大きくて、壁は黄色に塗られ、屋根は新しく、庭に囲まれていた。だけど、中に入ると……。机は（二人が坐ることになる教室を見せてくれたのだが）、机ときたらセゲドの学校の机と少しも変わらず、数センチほど高かったかもしれないけど、そんなこと悪魔だけがご存じ、けれどもやっぱり同じようにくすんだ色なのだ、くすんだ緑色で、そして同じように傷だらけで、落書きだらけ、消すこともできないインクの染みやいたずら書きでいっぱいなのだ。名前、絵、公式。そして黒板もやはり同じで、濃緑色（かつてはそうだった）というよりも黒かったが、それも擦り減っていて、以前、正方形に仕切ってあった赤い線がやっとのこと、かすれて見える、それも縁のあたりだけだった。教壇にはありふれた青色の包装紙が貼られ、画鋲《がびょう》で板にとめてあった。高窓には格子がはめられ、まるで小説に出てくる修道院みたい。あれでも女学校なんですって。

そういうわけで、今朝早く、夜明け前に、旅立ったときのあの歓声や歓喜はない。人生の大きな節目を示す時ごとに子供の心を満たすあの喜びはない。二人には人知れぬ悲しみだけが残り、秘密のように、それぞれが自分の胸に秘めていた。何日も続いた喜びと感激の後では、そして、突然、取り返しのつかない失望を味わったことを、互いに認め合うのが恥ずかしかった、とうとうその日が来たというので、興奮のあまり心臓が飛び出しそうなくらいだった今日という日の朝の後では。

二人は幌《ほろ》を上げて坐り、温かい毛布にくるまって、うとうとしているふりをして、それぞれが自分の思いに耽っていた。颪に楢《なら》の木の枝がざわめいている。時折、互いにこっそり目を開き、上を見やると、父の肩ごしに、木の葉のアーチの下をトンネルのように抜けていくのが見えた。時に、風が、革張りの座席に木の葉を投げ込むこともあった。木の葉が落ちてくる、鼠か何かのように、かさこそいって。

母には何て言おうか――二人がそのことも考えているのはまちがいない――すっかり気がふさいでしまったのをどうやって隠そうか。どうしたら母をがっかりさせずにすまされるだろう、母は、今朝、涙を浮かべて見送ってくれた、まるで結婚式か、それとも、縁起でもないけど、死出の旅路にでも送り出すように……。ああ、けっして、けっして。母には、黒板にがっかりしたとか、机にがっかりしたとかは言わないでおこう。だって、そんなこと子供じみているし、母の胸が痛むだけだわ。でも、オールドミスのゴルドベルクさんについては、ああ、これはまったく別問題よ。この学年度中ずっと、パンの柔らかなところでお皿を「舐めるように」しなければならないのかしら。いったいそれにどんな意味があるというの。確かに、部屋はまるで「小箱」のよう、ベッドは広々としているし、シーツは糊がきいているし、羽根布団はふわふわで温かいし、窓は花壇のある庭とリラの生け垣に向いていて、何もかもがきれいで素敵だわ。だけど、私たちの優しい母は、ゴルドベルクさんにその「教育方針」をやめてくださるよう、手紙で、上手に、丁寧にお願いできないものかしら。そう、部屋には、机の上に、切ったばかりのアイリスを活けた花瓶があったし、カーテンは紙のようにごわごわで雪のように白い、それはそれでいい、それからお風呂場はファイアンス焼きのタイル貼りで、ハナのHとミリアムのMの頭文字の刺繍の入ったタオル、だけど……。だめだわ、お母さんにはそんなこと言えない、だってこれだけのことが起こった後で、このアラド行きのこと、女学校入学のことを毎晩、寝る前に、長いあいだ、六か月もかけて話し合った後で、いまさら冷淡で恩知らずなところを見せるのは、冒瀆だわ、子供じみてるわ。

外はまだ明るいが、陽はまさに沈もうとしている。それは御者台からブレナー氏にだけ見える、まるで玉座から見ているように。ブレナー氏の心にはたぶん、詩句が浮かんだだろう――ブレナー氏は詩が好きで、商売のために美しいものへの感覚をすっかり失ってしまったというわけではなかった――日没を詠《うた》ったあの詩、陽は地平線に沈みゆく、君主の首の血に濡れて、断頭台から落ちるがごとく。

物思いに沈み、ブレナー氏は内ポケットから煙草を取り出す。

そのとき、まったく同時に、少女が森でポケットから丸い手鏡を取り出す、真珠貝の螺鈿《らでん》をあしらった鏡、そしてそれを顔に近づける。まず自分のソバカスの鼻が見える、それから目と、栗鼠《りす》の尻尾みたいに赤い髪。それから少女の顔が消えていく、ゆっくりと、次第に、まず鼻のソバカス、次いで鼻そのもの、次いで目。鏡に少女の息がかかる、まるで青い林檎に薄い膜がかかるように。しかし、少女はそれでも鏡を顔の前から動かさない。鏡には今、森と楢の木の葉の揺れるのが見えるからだ。鳥が一羽、突然、しかし音もたてずに、茂みから飛び立った。錆と枯れ葉の色をした蝶が楢の木の幹に姿をまぎらす。疾走していた鹿が突然、立ち止まる、何かに驚いたように、身体を石のように固くしていたが、すぐに矢のごとく走り去った。枯れ枝が木から落ちる。露の滴《しずく》をたたえた蜘蛛《くも》の巣が揺れ、露の玉に血のような太陽の光が屈折する。松笠がひっそりと落ち、枝が音もなく崩れた、灰でできているかのように。

少女はじっと鏡をのぞいている、近眼みたいに、ずっと目に近づけて（ハナみたいだ、ハナは眼鏡をかけているもの）。それから、自分の姿のすぐ後ろに、つまり鏡の奥に――なぜなら少女の後ろには何もない、道らしいものはないのだ――ぬかるんだ田舎道《いなか》があって二輪馬車が行くのが見えた。前の御者台には少女の父が坐っている。ちょうどポケットから煙草を取り出し、鞭を膝に置き、マッチの火をつけたところだ。今度は、マッチを投げ捨てると、それは高い弧を描いて泥の中に落ちた。それから急に手綱を引く。その目には強い恐怖が……。馬車に男が二人、飛びかかる。

少女は夢の中で叫ぶ、次いでベッドの上に起き上がる、ずっと枕の下で汗ばんだ手に持っていた螺鈿の手鏡を握りしめていた。ブレナー夫人は、その晩、子供といっしょの部屋で寝ていたが――ふだんは三人の娘たちは隣の子供部屋で寝ている――びっくりして跳び起き、寝ぼけ眼《まなこ》で、蠟燭を探した。少女は狂ったようにわめいている。それはもう動物の叫びで、人間のものではない、血も凍るような叫びだ。燭台を倒し、ブレナー夫人は娘に駆け寄る、その頭を胸に抱きしめるが、自分でも何も言えない、声が出ないのだ。何が起こっているのだろう、だれかがこの子の首を絞めているのか、喉をかき切ろうとしているのか。そのわめき声と切れ切れの叫び声から何か不明瞭なこと、恐ろしいことが読み取れ、娘たちの名前と恐怖の絶叫が聞こえる。「いや、いや、やめてえええ」

ようやくサイドテーブルのわきに燭台を見つけると、なかなか思うようにならぬ手で、もどかしげにマッチをすった。少女はまだわめき続け、うろたえたような目で、手に握りしめた手鏡をのぞき込んでいる。ブレナー夫人は娘の手から鏡を取りあげようとするが、少女は死後硬直を起こしたみたいに、固く握りしめて放さない。ブレナー夫人はベッドに腰掛けて、震える蠟燭の火を高く掲《かか》げる。炎の仄暗《ほのぐら》い光の中で一瞬、ほんの一瞬、末娘のうろたえたような目が鏡に映って見えた（それが夫人自身のうろたえた目でなければだが）。それから食器戸棚のほうへ飛んでいく。クリスタルのカチカチいう音がする。次いでガラスの割れる音が。

ブレナー夫人は小瓶を手に戻ってくる。酢か、オーデコロンか、気つけ薬の瓶。少女はベッドに起き上がる、身体を痙攣が走り、目はあらぬ方《かた》を見つめたままだ。足元の床には、割れた鏡。少女は突然、母を見る、まるで生まれて初めて見たとでもいうように。

「みんな死んでしまったわ」少女はそう言った、ほとんど他人のような声で。

村長のマルティン・ベネデク氏は、サイドテーブルの蠟燭に火を灯し、時計を見る。十一時をまわったところだ。庭の犬が相変わらず狂ったように吠えている、鎖を引きちぎらんばかりに、鎖がぴんと張られた鉄線を滑る音が聞こえる。だれかが戸を叩いている、拳で、激しく。ベネデク氏はガウンをはおると出ていった。頭にかぶったナイトキャップはそのままで、その房飾りが耳に落ちかかる。蠟燭を高く掲げると、扉の前にいるのがブレナー夫人だとわかる、娘をしっかりと腕に抱きしめている。子供は圧し殺したような嗚咽に身を震わせている。ブレナー夫人は口もきけない様子で、村長はしぶしぶ夫人を玄関の間に通す。

犬は相変わらず吠えている、あの恐ろしい獣の鳴き声をあげて。それは子供の泣き声より、老人の慟哭を想わせた。ブレナー夫人は死人のように青ざめ、ひっきりなしに、動物のように、泣きじゃくる子供を抱いている。夫人は、取り乱したまま、村長にここに来たわけを説明しようとする。

「この子がどんな状態か、おわかりでしょう」と、聞き取れるか聞き取れないほどの声で言う。

「ああ、わかりますけど」と、村長は言う、「でも、申し訳ないが、おっしゃることがすっかりわかったというわけじゃありませんよ」

今度は子供が向き直り、彼のほうをちらっと見たが、そんな目つきを見たのは村長も初めてだった。

「みんな死んでしまったの」少女はそう言った。それからまたわっと泣きはじめる。痙攣で身体がぶるぶる震えている。

ベネデク氏は不審そうに、子供の母親を見つめる。

「みんなが手鏡に映ったのを見たと言うんですの。みんな殺されたって。この子がどんな状態か、おわかりでしょう」

「手鏡だって」と、村長は尋ねる。

その後、長い説得が続いた。ベネデク氏は、経験豊かな人間として（かれこれ十五年ほど、たっぷり二十年とまではいかないが）奇跡は信じない、科学だけを信頼している。この子は、と心の中で考える、ヒステリーか癲癇だな（だが、それは言わない）。朝になったら、医者に連れていかなければなりませんな、便秘かもしれません、とだけ言う。今は――もうすぐ真夜中です――とりあえずお宅にお戻りになって、心配はいりませんよ。お子さんは悪夢にうなされたんですな（これは大きな声で言い、悪夢という言葉をフランス語のアクセントで発音した、そうすれば、きっともっともらしく聞こえるだろう、ラテン語で発音されたある種の診断のように）。お子さんには舎利塩《しゃりえん》を与えるのがいい（さあ、どうぞ、瓶ごとお持ちくださってけっこうです）、だけど、いいですか、ブレナーの奥さん、まさか私が今から、真夜中に、巡査といっしょに森に行って病気の女の子の悪夢を確かめるだろうなんて、お考えじゃないでしょうね。言ってみれば、重病ではないとしても、熱にうなされておられるわけですからな。お嬢さんは、おたふく風邪はすませましたか。すませた。それなら、百日咳は。

ほら、ご覧なさい……。百日咳かもしれませんな。初期の症状だ。神経質になって、身体の器官が全体に過敏になる。無力感に襲われる。なぜなら身体が辛いと、それにつれて心が……。ここでベネデク氏は精神現象と肉体現象の相関関係についての理論を展開するが、この理論はどこかで、トランプをしながら、医者のバイス先生からまちがいなく聞いたものだった。何かの本で読んだのかもしれない。それとも「アラディ・ナプロウ」紙だったか。（さあ、何もかも大丈夫ですよ）

この話の結末は、その「アラディ・ナプロウ」の一八五八年度版合本にある。ベネデク氏はその定期購読者だった、それはまちがいない。ブレナー氏もそうで、婚約や死亡、山火事や犯罪、それから材木や皮革や穀物の値段などの情報を得ていた（同紙は、公的なニュースのほかに、牧師の手紙、農事関係の有益な記事、法律相談、さらにはペシタの競馬の結果、ギリシアの蜂起やセルビアの宮廷クーデターの報道などを掲載していた）。フランツ・ヨゼフ帝の治世の初期の同紙に、村長自身の、宣誓のもとになされた証言を見ることができる。いかなる迷信とも無縁で、「実証主義」の傾向があると自認する人物によるものだけに、この証言はいっそう価値がある。

「それは凄惨な光景だった」ベネデク氏は「アラディ・ナプロウ」にそう語っている。「読者に配慮して、被害者がどんなに惨めな状態であったか、証言するのは控えたい。

ブレナー氏は、刃物あるいは斧で、文字通りの頭部切断、そして少女たちは……」続いて、娘たちが二人の男に暴行を加えられた後、同じように喉を切られて死んだ事実が、遠回しに暗示されている。

この恐るべき犯罪の犯人を割り出すのは（「アラディ・ナプロウ」の記事を要約すれば）、それほど困難ではなかったという。なぜなら少女が手鏡で殺人犯の顔をはっきり見ていたからである。ひとりはフクスという、二十八歳の商店の見習い。もうひとりはメサロシュとかいう男で無職だった。二人とも昨年、ブレナー氏の許で働いていた。二人はフクスの店で、血まみれの札束とともに発見された。「証拠をつきつけられ、犯行を認めると、自分たちの犯行の発覚には、神の指の介在を感じたと述べた。両名は、懺悔《ざんげ》のため神父をよこしてほしいと言った」

この風変わりな事件については、他のヨーロッパ各紙も報道したが、時にある不健全な不信感が表明されていた。それは進歩的な市民層に実証主義が浸透してきたその結果にほかならない。心霊術関係の刊行物は――その影響はきわめて大きいものがあった――この事件を、人間のもつ磁力の確かな印として引用した。これについては、著名なカルデックも発言しているが、彼は疑いもなくこの道の権威で、闇の力の同盟者だった男である。

師匠と弟子の話

以下は、前世紀末に「神秘の町」、プラハで起きたことである。あの事件は――事件などと呼べるとしたらだが――いろいろな作者が、多少のニュアンスや変更を加えて、語っているので、私はハイム・フランケルの説にそって話を進めることにする。フランケルの叙述のいいところは、文中に、他の弟子たちが師匠について述べていることをも要約してある点だ。信仰や道徳やハシディズムを巡る長々とした議論、『タルムード』からとった学者風の引用やフランケル自身の屁理屈《へりくつ》でしばしば中断される議論、これを取り除けば、話の要点は次のようになる。

碩学《せきがく》ベン・ハアス（本名オスカル・レイブ）が詩を、ヘブライ語で書きはじめたのは、十四歳のときだった。一八九〇年ごろには聖地巡礼から戻ってプラハに住むようになり、「ハヨム」誌に同志を集めていた。この雑誌は弟子の数だけ手書きで書き写される。ベン・ハアスは道徳と文学を教えていた。彼の教説は、多数の論文や著作に述べられていて、ようやく最近、その一部が発表されたのだが（ハイム・フランケル自身の努力による）、プラトンに発するある道徳的ジレンマに基礎を置くもので、次のようにまとめられる。つまり、芸術と道徳は二つの異なる前提に立脚しているので、それを結びつけることはできない。さらに言うならば、フランケルが主張するように、ベン・ハアスのすべての業績は、詩も哲学も、まさにこの事実を証明することであり、この矛盾を超克する試みであるということにつきる。ベン・ハアスはキルケゴールの「あれかこれか」を和らげようとしているが、思想史、とりわけ文学史の数々の実例は、このジレンマはほとんど克服できないということを示している。「芸術は虚栄心のなす業であり、道徳は虚栄心の不在である」と、彼は、ダビデ王からハレビエ・ユダ、サロモン・イブン・ガビロルにいたる偉人の生涯を論じながら、何度も繰り返している。ベン・ハアスを戴《いただ》く一派（ある者によれば五人、ある者によれば七人）が自らに課した目標は、実例と行動によってこのジレンマを否定すること、すなわち、「詩的試練のまさに心臓部において」、ある厳格な道徳に服することなのであるが、その道徳とは、フランケルの言葉によれば、ユダヤ・キリスト教の伝統や『タルムード』の命題、カント、スピノザ、キルケゴールに基づくもので、その際、ある種の「無政府的な要素」もないわけではない。フランケルを十分に理解したとすれば、あの「厳格な道徳的至上命令」（ベン・ハアスからの引用）は、しかし、その教典から一定の享楽主義的命題を排除するものではなかった。予想に反して、ウォッカやインドの大麻や肉体的快楽は、読書や旅や巡礼などと同列に扱われていた。フランケルはここに、最も基礎的な形で、「善の外、悪の外」で、芸術と道徳が衝突するあの力の断層の最下層だけを見ているのだが、それはあながち的外れではないと思う。本当の道徳的ジレンマは虚栄心の問題に始まり、虚栄心の問題で終わるのであって、そのほかはみな道徳の領域の外にあるのだ。この点についてある種の類似性、フランケルが仏教の教えや僧侶の修行——肉体的快楽は、絶対をめざす「道」と呼ばれる道の妨げにはならないという——とのあいだに認めた類似性は、言ってみれば、東洋の知恵の直接の影響であるというより、むしろベン・ハアスの個人的な考察の結果であろう。ベン・ハアスが三十歳のときに（そのころにはすでにその道徳律の基礎を確立していた）、プラハのある悪名高い地区に出入りしていたということは、彼が『夏と荒れ地』という作品で述べている諸原則に矛盾する事件の類《たぐい》だと見なすことはできないのだ。「芸術は認識であり、認識は無性である。無性、すなわち超道徳なのだ」、フランケルはハアスの基本命題のひとつを引用している。碩学ベン・ハアスは詩人と道徳家という二つの矛盾する天職を自己の内部で結合したが、つまりは、あらゆる経験が貴重であるこの芸術という無性の認識を、倫理の諸原則と和解させ、倫理が認識を貧しくすることがないようにしようとした。「言葉を信じることは、それが聖書の言葉であっても、言葉による禁止を破ることよりもはるかに重い道徳的堕落の危険性を内に秘めている」初期のハアスからのこの短い引用には、彼の基本理念のひとつが簡潔に表現されている。この基本理念が後年、何か神秘主義的な言葉やあいまいな新造語や意味がつかみにくい多数の概念で述べられた、難解で長大な、漠としたハアス哲学の教義を生み出すことになる。フランケルは、後期ベン・ハアスの教えのこの不透明さは逡巡の結果であり「熟年」の果実であると言っているが、はたしてその通りかどうかは確言しがたい（評釈ベン・ハアス選集刊行の実現にあたっては障害が多いが、中でもベン・ハアス著作研究刊行会の一部のラビや道徳家たちが問題である）。

我々が関心をもち、ここに手短にお話ししようとする事件は、しかし、ベン・ハアスその人の哲学の教義には直接関係がない。その事件は、それ自体、一見、取るに足らない事件のようでも、彼の教えの関連から発しており、複雑な価値体系全体を試すようなものである。ある種の教訓である、とも言えよう。

ベン・ハアスは一八九二年にはもう師匠を名乗っていたが、例の悪名高い地区で、先生と話をしたいと言う若者に出会う。師匠は、倫理の原則と詩の原則の板挟みで——前者は断われと言い、後者は若者の話を聞けと言うので——迷いながらも、とある薄暗い居酒屋にいっしょに入り、過ぎ越しの祭のウォツカのグラスを二つ注文するのだが、それはどうやら儀式の一部らしかった。若者はヨシュア・クロハルという名前だったが、師匠に打ち明けたところによれば、師匠の書いたものを手に入れ、経験は「無性、すなわち超道徳」であると教えられて、それからこの地区を訪れるようになったが、『夏と荒れ地』の説くような精神の均衡を見出すことができないでいる。師匠はちょっとした不安と後悔を覚えたが、それは彼の教えが、道徳に基づくあらゆる教訓と同じように、未熟な者の手に渡ると、善をもたらしうると同じほどに悪をもたらしうるのだと、うすうす気がついていたからだ（なぜなら、プラトンの言うように、師匠は弟子を選ぶ、されど書物は読者を選ばぬのだから）。ある邪悪な思いに誘われ、おそらくウォツカのせいで熱くなって、ベン・ハアスはこの取るに足らない者から――弟子は師匠の婉曲《えんきょく》な問いに何ひとつ答えなかった――ハシディム（その道に明るい人、学問のある人、心静かな人という意味に使われる言葉）を造り上げようと決心する。フランケルの言うような、ピグマリオンのパロディー化を無意識に望んだにすぎないのでないとすればの話だが。若者は『夏と荒れ地』によって売春宿に通う道徳的な力を得たことを認め、それはまずもって「経験の行為」であると見なしたからだが、その「経験の行為」も創造的行為に役立てられなければ、なんの値打ちもないという事実は意識していると言う。ベン・ハアスは、ヨシュア・クロハルが執筆中だという書物の題名『カナンへの道』を口にしたとたん、ウォツカのグラスを慌ててテーブルに置いた。しかし、師匠と呼ばれる者は、この将来の弟子が厄介な性質をすべて備えており、理性の声に耳を傾けるなら、庇護を与えるべきではないということがその晩のうちにわかってきた。なぜなら野心と結び付いた愚かさはいかなる熱狂よりも危険なのだから。それでも、三か月後に、同じ居酒屋で、また会うことに決め、カナンの奇跡と救いをテーマとする二十七冊の書物の名前を書き取らせると、彼と別れた。八月の終わり、ヨシュア・クロハルは『カナンへの道』の手稿を携えて、約束の場所に現われた。百二十枚ほどあり、師匠はざっと、包括的に目を通した。達筆な筆運びはともかく、あてずっぽうに見ただけでも数か所の正書法のまちがいを見つけ出した。次に会うのをまた三か月後、同じ場所に決めると、若者を帰した。書物の名前を書き取らせたが、そこにはヘブライ語正書法もあった。

一八九三年の二月、三度目に会ったとき、師匠は泉を探査する者の持つ熊手にも似たその指で、手稿をぱらぱらとめくっていき、彼の疑いが今や真実となったことを悟って慄然とした。七十二ページにあった正書法の誤りは正してあったが、手稿はまったく手つかずのままだった。突然の悔恨の念に襲われ、それにたぶん、憐憫《れんびん》も手伝って(なぜなら、自分が手本を示したため、ひとりの不幸な市民をもっと不幸なハシディムにしてしまった、そしてそうした人間にはつける薬もないし、後戻りもできないということを理解したか、少なくとも感じ取ったからである)、師匠は卓上の手稿を取ると、出ていった。ひと晩中、『カナンへの道』の文章を読みながら過ごしたが、その無益さ、空しさは彼自身が犯した過ちを示していた。九か月ほど前のあの夜、自分の詩的な原則にしたがわず、倫理の原則にしたがっていたならば(どこに明確な境界があるか、だれが知ろう）、今日、無益な存在に良心を痛めることもなく、それを今、道徳律におされて、破滅から救い出してやらなければならないということもなかっただろう。かつては健全だった若者が、曲げて理解され解釈されたものであるにせよ、彼の教えに感化されたりしなければ、今夜、達筆な大きな文字で綴られた意味のない文章を前に目を覚ましていることもなかったろう。その文章からは、生きることの無意味を、あるいは、その無意味の予感を、あれこれの、何か創造的行為によって正当化したいという空しい願望だけが感じられる。ベン・ハアスは、一瞬の閃《ひらめ》きのうちに、このようなことになったのもすべて自分自身の虚栄心と詩的な奇行癖のせいであり、論争への情熱のためだと悟った。つまり、ピグマリオンには神話のもつ道徳的な力はなく、むしろありふれた不名誉な事件の記録に神話の装いを与えたものにすぎないのだと、弟子たちに証明したかったのだ。

『カナンへの道』をそっくり突き返し、それによって不幸なヨシュア・クロハルを三十三歳にして危険な曠野に置き去りにしたりしないようにと（この暗号文の中に、フランケルは当然、神秘哲学の記号体系がベン・ハアスに与えた影響を認めている）、師匠と呼ばれる者は、著者自身の像、著者の虚栄心の像、つまり彼の虚弱な全存在を支える唯一の性質を手稿から削除していった。手稿をあの儚《はかな》さから解き放つのだ、ヨシュア・クロハルの痘痕《あばた》面や目の下の青い隈《くま》、そして弛んだ身体を、沼の水面のように映し出すあの儚い影から。素早くペンを動かし、現在の出来事についての悪意に満ちたあてつけや、聖書から引いた余談、例えば居酒屋〈コロナ〉の赤毛のドイツ娘の面影が認められるロトの妻の話などを取り除いていった（赤毛のドイツ娘をロトの妻と結び付けるたったひとつの謎めいたつながりは、その女の腋の下に汗の白い染みが広がっていることと、ヨシュア・クロハルがその女を、白状したところによれば、「ソドム化した」ことである）。

ベン・ハアスは百二十枚の『カナンへの道』のうち、神話的な寓話の種が、見せかけの実体を作り出すことのできる種が、秘められている部分をつなぎ合わせて三分の一足らずを残した。翌日、寝不足で不機嫌のまま、外套のポケットに『カナンへの道』の手稿を突っ込むと、居酒屋〈コロナ〉へ出向いた。打ち沈んだ様子のヨシュア・クロハルの姿があった。若者は自身の疑いを師匠に表明した。自分の選択は無為にして不可避であることがわかったのだ。先生が『カナンへの道』は形を成す恵みを授かるに値しないと見なすのなら、自分は引き下がるほかはない。若者はこの言葉をどうとも取れるように口にしたので、それは『夏と荒れ地』にある意味とは違った危険な意味を含みさえした（「これら矛盾する力、つまり道徳の力と詩の力の宿命的な接合のうちに行動できないのなら、引き下がるがよい。庭のキャベツに水をやり、薔薇は墓地でのみ育てるがよい。薔薇は魂にとって危険なのだから」）。師匠と呼ばれる者はそのとき、絹の外套の内ポケットから朱筆の入った手稿を取り出して若者の前に置いた。

「私の理解したかぎりでは」と、ヨシュアはしょんぼりと言った。「何も残らなかったようですが」「とんでもない」と、ベン・ハアスは言った。「見せかけの実体を成しうるものは残ったのだ。そして、見せかけの実体と実体そのもののあいだには、最も賢い者にしかわからぬほどの些細な違いしかない。しかし、賢者はあまりにも少ない――世界中に三十六人しかおらぬと言う者もある――、だからこの違いのわかる者もほとんどいないのだ。多くの者にとっては、見せかけは実体と同じなのだ」

ヨシュア・クロハルの顔が輝いた、師匠の言葉に自分の秘密の思想を、導きの思想を見出したように思われたからだ。この世のすべてはペテンによって、実体と見せかけの実体のあいだの微妙で捉えどころのない違いの上に起こるのだが、何が実体で何が見せかけかを判断することをまかされている者はいないから（そこが彼の思想と師匠の思想を本質的に分かつところである）、道徳的な価値も詩的な価値も、すべては器用さと幸運の問題にすぎない。単なる形式なのだ。ベン・ハアスは弟子が密かに考えていることを感じ取った――師匠と呼ばれていた者は虚偽から真実を見分けることができた――そして弟子に本質と幻影の境界を見せることにした。その夜、弟子を家に連れていくと、その手稿（手稿のうち残った部分）を取り上げ、いかにしてひとつの思想、思想の影、またはひとつの像が――言葉の魔術と言い尽くされないものの魅力によって――形を成す恵みにいたるのかを、わかりやすくためになる例をひき、ひと晩かけて弟子に説明しようとした。ヨシュア・クロハルは夜明けに師匠の部屋を後にした（部屋の中には、革表紙の本の臭いを和らげるように、青銅の七枝の燭台で神を冒瀆して燃えつきた白檀《びゃくだん》の陶然たる薫りが漂っていた。巡礼の土産である）。居酒屋〈コロナ〉に立ち寄り、グーラシュ・シチューとビールをジョッキ一杯注文し、手稿を書き写す作業に取りかかった。正午にはもう彼の前に『カナンへの道』と題された聖書の寓話の完成した手稿があった、あの達筆な大きな文字で浄書された手稿が。それから、師匠が朱筆を入れた原稿を取ると、大きなストーブに投げ入れた、聖堂にも似た、天国と地獄の扉のようなストーブに。炎が師匠の手跡をなめ尽くし、それによって、焚書《ふんしょ》のように、師匠の魂をも焼き尽くすと、ヨシュア・クロハルはくるくると巻いた手稿を外套の内ポケットに納め、かつて味わったことのない熱に浮かされ、ジョッキのビールをもう一杯注文した。カロリーナはテーブルの端にビールを置いた、けれどもヨシュアは、急に立ち上がり大きな丸い乳房を鷲づかみにしてしまった。カロリーナは瞬間、ロトの妻が塩の柱にされたように、石のように身を固くし、それからびくりと身震いして手を振り上げた。彼女の重そうな赤みがかった腕が若者の鼻先すれすれに飛んだ。

「これは見せかけの実体で」、ヨシュアは格言を唱えるように言った。「あれが実体だったのだ」そう言って掌で椀の形をつくり、そして指を広げた……。

『カナンへの道』は一八九四年末、まず「ハヨム」誌に、ヘブライ語で現われたが、翌年の初頭にはドイツ語に訳され、本の体裁をとった。本は聖書解釈学者たちがこぞって受け入れ、フランケルによれば、だれもがそこに実体を見出した。若いビヤリク（後にハイム・ナフマンの名で知られるようになった）だけが、この本をまじめに分析し、その中に「そこにあふれる空虚さからこの寓話を救おうとした」師匠の手跡を見出す。このビヤリクの批判は次のような結果を引き起こした。新版『カナンへの道』の後書きで、クロハルはビヤリクを梅毒患者と決めつけ、ベン・ハアスをはったり屋で「魂に毒を盛る者」だとして、師匠の教えを公に棄てた。拒否の姿勢を貫き、師匠の反対者たちの仲間に加わり、創刊間もない「カディマ」誌で、師匠に対する容赦ない長期にわたる闘いを始めたが、その際「陰謀と中傷」を駆使して「何の才能もないわけではないことを示した」。ベン・ハアスの著作の中に未完成の寓話がある。「弟子と師匠の話」と題した寓話で、未完なので何の教訓も含まれていない。教訓はたぶん、実体と見せかけの実体のあいだには、道徳的な意味では、はっきりとした違いを設けることは難しいということ以外にはない。「それは師匠と呼ばれた者にもできなかった」と、フランケルは言う。「深淵の上に身を屈め、彼自身、虚栄心に逆らえず、その深淵を意義で満たそうと試みずにはいられなかった」そこから新しい教訓が引き出される。それは、井戸の底に顔を映すように、他人の空虚に自分の顔を映してみたいという願いだけから、その空虚の上に身を乗り出すのは危険だということを、諺《ことわざ》のように示唆《しさ》している。なぜなら、それも虚栄なのだ。虚栄の中の虚栄なのだ。

祖国のために死ぬことは名誉

その四月の日の明け方——それは勅令により死刑執行の日と定められた日だった——看守が独房に入ってきたとき、若きエステルハージは床に跪《ひざまず》き、両手を固く組み祈っていた。頭を低く垂れ、明るい髪はわきに落ちて、すらりと伸びた細いうなじと骨張った背骨がのぞき、背骨は襟のない麻のシャツの下に消えていた。看守たちは一瞬、立ち止まる、伯爵が神と語らうというのは、スペイン風の儀式の厳しいしきたりをしばし忘れてもかまわぬ理由になると考えたのである。神父もまたたじろぎ、祈りのために組んだ手に何も言わず力をこめた。掌が汗ばみ、祈禱書の象牙の表紙に裏切り者のような染みを残した。オリーブの実のように大粒の数珠《じゅず》をつないだロザリオが音もなく揺れている。看守のひとりが手に持っていた大きな鉄の輪にぶら下がった鍵だけが二、三度、なんのリズムもなく、ガチャガチャ鳴った。

「アーメン」と、若者は囁くように言って、朝の祈禱を終えた。それから大きな声で付け加えた。「父よ、赦したまえ」と。

そのとき、号令でもかけられたように、太鼓が鳴った、不吉に、雨のように単調に。

赤ら顔で口髭をぴんと立てた騎兵将校が、両わきに立つ二人のクロアチア槍騎兵の揭げる筒の長い鉄砲に縁取られるようにして、判決を読みはじめる。それはしわがれ声で、独房に虚ろにこだました。判決は厳しく無情だった——絞首刑《しんかん》。この青年貴族は武器を取って民衆の一揆に加わったのである。時として帝国を震撼させるそういう一揆は突然、思いもよらぬときに起こり、血まみれで、残酷で、救いのないものであったが、じきに、やはり突然、残酷に、救いもなく鎮圧される。法廷は、若者の家柄と一族の栄光を責任の加重情状と考え、これは君主に対する大逆であるばかりでなく、自らの属する階級に対する反逆でもあると見たのだ。罰は見せしめであらねばならなかった。

囚人は、太鼓の音のように耳元で鳴り響く単調な音節の集まりの中からひと言二言、聞き取るのがやっとだった。時は止まっていた。過去、現在、未来が交錯し、鼓手は太鼓を打ち続け、若者のこめかみには、乱れた脈のように、勝ち戦や凱旋行進や突撃の遙かな響きがこだましていた。黒布をかけた別の太鼓の音も聞こえていたが、太鼓はそのときにはまだ彼の死ではなく、だれか他の者の死を暗示していた。その年齢にもかかわらず（成熟した青年というよりは早熟な少年のようだった）、若者はすでに傷を見ていたし、死に直面したこともあったのだが、こんなふうに、これほど間近に、死を感じたことは、かつてなかった。そしてまさにその近さ、むき出しの首に感じる死の吐息、それが若者の意識の中で現実の画像を歪めてしまったのだ、乱視の人が物体が近くにあるといっそう輪郭が歪んで見えるように。今、彼が唯一望んでいたのは――この若者の属する世界で最も価値あるものは、名誉ある生のほかは、名誉ある死だけだったから――このような瞬間にエステルハージ家の者に求められる、あの尊厳を守り抜くことであった。

その夜はひと晩中目を覚ましていたが、目を閉じたまま、溜息ひとつ声に出すこともなかった。そうすれば、のぞき穴にぴたりと目をつけてのぞいている看守が、囚人は死んだように眠っていた、まるで死ではなく婚礼を控えた若者のようだったと証言できるだろう。そして時間の流れが奇妙に倒錯し、その看守が将校食堂でこんな話をするのが、彼にはすでに聞こえていたのだ。「諸君、若きエステルハージはあの夜、死んだように眠っていたのである、溜息もつかず、死刑執行を前にしてというより、婚礼を控えた若者のように。士官の名誉にかけて誓おう。さあ、諸君、若者を讃《たた》えようではないか」次いでグラスの透明な音がする（若者には聞こえる）。「乾杯、乾杯」

朝のあいだ、この死の熱情、この勝者の自己抑制に支えられて、彼は祈ることで冷静を保ちながら、意志と意欲の裏切り者である腸と交感神経が臆病に振舞おうとするのに、歯を食いしばって抵抗していたのである。家に伝わる伝説によって自分の男らしさを鍛えようとした。だから、慈悲深い儀典にのっとり最後の願いが聞き入れられる段になって、腸《はらわた》が燃えるように熱かったのに、一杯の水ではなく、煙草を求めたのだ。ずっと昔のこと、彼の祖先のひとりがひとつまみの煙草を求め、それをよく嚙んで死刑執行人の顔に吐きかけたように。

将校は軍靴の踵《かかと》を鳴らし、銀のシガレットケースを差し出した（「諸君、誓って言うが、あの男の手は震えていなかった、私のこの手が、今こうしてグラスを持つあいだ、震えているほどにも。乾杯、乾杯」）。朝一番の陽光が、古い絵に描かれた聖人の土穴に差し込むように、独房に斜めに差し込み、その中に暁のように紫色をした煙草の煙がたちのぼる。囚人はその煙が、その輝かしい幻想が一瞬、張りつめた力を崩し、どこか遠くで狩りの角笛が鳴り、それが平原に広がっていくのを聞いたように、体が蝕《むしば》まれるのを感じると、すぐさま煙草を床に捨て、拍車を外された軽騎兵の長靴で踏み消した。

「皆さん、準備できました」

軍隊的な簡潔さゆえに選ばれ、号令のように短く、抜き身の剣のようにむき出しで冷たいこの言葉は合言葉のように、感傷なしに、発語されるはずだった。酒盛りの後で、「お休み、諸君」とでも言うように。しかし、今や、その言葉からは何ひとつ歴史に値するようなものは出てこない、そんな気がした。澄んだよく通る声で、音節がひとつひとつ区切られ、言葉は簡潔だったが、どこか柔らかく、ひびが入っているようだ。

母が訪ねてきたあの日から、狂おしい望み、狂おしくも秘められた望みをもちながらも、若者は悟った、自分の人生は、神々とほとんど同じほどの力をもつ人々が書く悲しい茶番劇にすぎないということを。

彼女はここに、彼の前に立っていた、大柄で、強く、顔をベールで覆い、独房をその人格、その個性、その品格で満たし、羽根飾りのついた大きな帽子と身じろぎひとつしないのに衣擦れの音をさせるドレスで満たしたのだ。槍騎兵のすすめる牢獄の粗末な三脚椅子を断わった。ここではおそらくだれひとり、こんなにも丁重なもてなしを受けた者はなかったろうが、槍騎兵がそばに置いた粗末な木の椅子、彼女の絹の襞飾りのかたわらにあってはひどく粗末な椅子など、見えないふりをしていた。そうして、面会中、ずっと立ったままだった。彼とはフランス語で話し、ほどよい距離を置いてわきに立っていた槍騎兵の将校を困惑させた。将校は抜き身の剣を肩に立っていたが、それは帝国監獄の誇り高き訪問者に対する警戒や警告というよりは、この貴婦人（皇帝と同じくらい由緒ある貴族の出である）に対する儀仗兵《ぎじょうへい》の挨拶であった。

「あのお方の足下に身を投げ出すつもりです」と、彼女は囁いた。

「死ぬ覚悟はできています、母上」と、彼は言う。

彼女はそれを厳しく遮った、厳しすぎるくらいだったかもしれない。

「息子よ《モン・フィス》、気を取りなおす《ルプルネ・クーラージュ》のです！」

そのとき初めて、顔をわずかに看守のほうに向けた。声は囁き声だった、絹の襞飾りの衣擦れの音が混じっていた。

「バルコニーに立っていますから」やっと聞き取れるほどの声で言った。「私が白い服を着ていたら、うまくいったということ……」

「その反対だったら、きっと黒衣を召していらっしゃる」と、彼は言う。

無感覚になっていた彼を揺すぶり起こしたのは、ふたたび鳴りだした太鼓だ。今度はいっそう近くに感じられる。そして、今の今まで沈黙のうちに石にされていた情景が息を吹き返したのを見て、彼は宣告が読み終えられたことを知った。将校は文書を丸める。神父は彼の上に身を屈め、十字を切って祝福する。看守たちは彼の腕を取る。看守たちに身を起こさせるようなことはせず、二人の槍騎兵にほんの少し支えられるようにして、軽やかに両足で立った。突然、まだ独房の敷居をまたがぬうちに、すべては生の論理が求めるまま終わるのだという確信が、どこか胸のあたりに現われて、それから全身を浸《ひた》した。なぜなら、今や何もかもが死に逆らっているからだ、この悪夢の中にあって何もかもが生の味方なのだ。彼の若さ、彼の家柄、一族の栄光、母の愛、皇帝の慈悲、そして盗賊のように、後ろ手に縛られ、馬車に乗り込もうとする彼に降りそそぐこの太陽さえも。

しかしそれが続くのもほんのわずかのあいだで、帝国のいたるところから集まった騒々しい人波が待つ大通りに、馬車が着くまでのことだった。太鼓の音は切れ切れになり、そのあいだから群衆のざわめき、威嚇するような声が聞こえ、憎しみに振り上げられた拳が見えた。群衆は皇帝の正義を称えていた、群衆は常に勝者を讃えるものなのだ。それを悟ると若者は打ちのめされたような気がした。ほんのわずかうなだれ、攻撃から身をかばうように肩をすくめ（小石のひとつも飛んできそうだった）、心持ち腰を屈めた。だがそれは、勇気が彼を見捨て、彼の誇りが打ち砕かれたと大衆が感じるには十分であった。それは、ほとんど喜びの歓声を湧き起こす（群衆は誇り高く勇気ある者の挫折を見るのが好きだからである）。

大通りの上手に来て、貴族たちの居住区が始まり、人垣も少しまばらになると、彼は目を上げた。朝日の光の中で、バルコニーに白く輝く点を見つけた。手摺りから身を乗り出して、白一色に身を包み、そこに彼の母が立っていた、そしてその後ろには──ドレスの百合のような輝きがいっそう映えるように──フィラデンドロンの大きな濃緑の葉があった（そのドレスのことはよく知っていた、それは家宝だったのだから。祖先のだれかが皇帝の婚礼に着ていったのだ）。

彼は急に姿勢を正した、ほとんど挑むように。そしてその威嚇するような群衆に叫んでやりたかった、エステルハージはこんなふうに死ぬわけにはいかない、追いはぎか何かのように処刑されるはずはないのだ、と。

こうして絞首台の下に立った。死刑執行人が足下の台を動かしたとき、まだ奇跡を待っていた。それから彼の身体は縄に吊るされて回転し、目は眼窩から飛び出した。何か恐ろしい、ぞっとするものを突然に見たとでもいうように。

「諸君、私は彼から二歩ほど離れて立っていた」と、口髭をぴんと立てたあの槍騎兵は、もうその日の晩のうちに将校用の馬場で語った。「首に縄をかけられるあいだ、死刑執行人の手を静かに見ていたのだ、錦のスカーフでも結んでもらうように……。諸君、士官の名誉にかけて誓おう」と。

結論は二つありうる。この青年貴族は、確実な死をはっきりと意識して、勇敢に、堂々と、頭を高く上げて死んでいったか、あるいは、すべては誇り高き母が糸を操る、よく考え抜かれた演出にすぎなかったか。前者の英雄説を支持し、口伝えに、さらには年代記にも記して広めていったのは、サンキュロットやジャコバン党の面々である。後者によると、若者は最後まで魔法のような展開を期待していたことになるが、それを記録したのは強大なハプスブルク王朝の御用史家たちで、伝説が生まれるのを防ぐためであった。歴史は勝者が書く。伝承は民衆が紡ぎ出す。文学者たちは空想する。確かなものは、死だけである。

王と愚者の書

1

四十年ほど後に起こることになるその犯罪は、一九〇六年八月のペテルブルグのある新聞に暗示されていた。連載記事で、クルシェバンとかいう編集長の署名があったが、これはキシニェボで起きた大虐殺《ポグロム》の扇動者として五十件ほどの殺人に責任があるA・P・クルシェバンのことである（仄暗《ほのぐら》い寝室で、ずたずたにされた男たちの死体が血の池に横たわり、犯された少女たちは正気を失った目でちぎれた重いカーテンの奥から虚空《こくう》を見つめている。情景は、しかし、本物であり、死骸もまた本物である。この悪夢のような舞台装置の中で、ただ雪だけが偽物である。「通りには、家具や鏡や割れたランプの破片が散乱し、下着や服やマットレスや引き裂かれた羽根布団が散らばっていた。通りは雪で覆われている。つまり、あたり一面、木の上にも、羽根が降ったのだ」）。こうしてクルシェバンは、キリスト教や皇帝や既存の秩序に対する全面的な陰謀団の存在を証明する記録を最初に発表したという栄誉に輝いた。しかしながら、彼はその秘密めいた記録——それをもとに非難の声をあげたのだが——の出所を明らかにせず、「フランスのどこかで」書かれた文書であると補足するだけでよしとしている。無署名の翻訳者はこの文書に、『謀略、または欧州社会崩壊の根はいずこにありや』という題をつけた。

クルシェバンは帝国検閲局に『謀略』の増補版を提出したが、それは一年後に、皇帝親衛隊の手厚い保護のもとに、書物として出されることになる。出版社はペテルブルグ聾唖者協会である（そこに何かの象徴が隠されているかどうか、証明するのは難しい）。

クルシェバンの文章は、多くの情熱や疑惑をかきたてたが、ついには豊かな土壌に落ち、ツァールスコエ・セロの孤独の中で天の奇跡を待ちながら、自らの神秘的啓示について著作を準備していたある風変わりな隠者の耳の封印を解いた。隠者はセルゲイ神父と呼ばれていたが、『謀略』の中に、自らの懐疑の証しと信仰や習慣の完全な崩壊とを見出し、それゆえ、この貴重な資料を、二つの魂の中に同時に光り輝いた啓示の不可分の部分として、自著『反キリスト』に取り入れた。それはまた、天使の軍勢がまだ敗北していない証拠でもあった。

このニルスの書の出版元としては、赤十字ツァールスコエ・セロ支部が登場する。作品は和紙に金文字を用いた豪華本として印刷され、これこそ悪からの避難所であり、新しい、プラトン的な興奮の源泉ともなりうる人間の業の極致であると読者に思わせた。一冊はニコライ二世皇帝陛下のためのものだった（皇帝は神秘的な作品をむさぼるように読んでいたが、それは教養と業によって地獄行きを避けられると信じていたからだ）。この書物が教える大いなる秘蹟を知るという特権を得た者は、雷に打たれたような気がした。フランス革命あたりから後の欧州史の仕組《メカニズム》みが目の前にあった。それまで偶然や天上の力学の結果であり、崇高な原理と運命の戦いの結果であると思えたものがすべて――オリンポスの神々の気まぐれに似たその混沌とした歴史のすべて――、それが、突然、掌中にあるようにはっきりしたのである。つまり、だれか地上の者が糸を引いているのだ。反キリストが存在するばかりでなく（それを疑う者はなかった）、悪魔には地上の協力者がいるのだという、もうひとつの証しだ。全ロシア府主教は、目から鱗《うろこ》が落ちたように、反キリストの軍勢が聖なるロシアを征服していく様を見て、モスクワの三百六十八の教会のすべてで、礼拝の代わりに本書の一節を読むように命じた。

こうして、正義と厳しい罰を説く聖書の厳格な掟に、今や何やら秘密めいた『謀略』が加えられる。『謀略』には、少なくとも見かけは、聖典のもつすべてが備わっている。つまり、掟とそれに背く者への罰である。同書の成立は聖書の成立とほとんど同じくらいに秘密めいており、控えめな編纂者であるニルスは、解説者および編者、ある種の注釈者として登場するにすぎない。ただひとつの違いは、『謀略』は、出所がはっきりしないとはいえ、やはり人の手になるものだということである。そのことが同書を誘惑的で、怪しげで、犯罪的なものにしている。

この文章によって同書の起源を探り、同書を（自らの厚かましいやり口に神のような無名の特権を付与して）生み出した者たちを一瞥し、最後に、この行為から生じた疫病を明らかにしようと思う。

2

『反キリスト』の著者、セルゲイ・アレクサンドロビッチ・ニルスは、聖職者としてはセルゲイ神父といい、ロシア封建制の歴史の闇からいきなり歴史の舞台に登場する。土地を失うと修道院を巡り、長い黄色の蜜蠟《みつろう》の蠟燭《ろうそく》を灯して罪深い魂の平安を祈り、僧房の冷たい石壁に額を打ちつけていた。大修道院で聖人や愚者の伝記を研究し、そこに自分自身の精神生活との類似性を見出した。そこで自分の放浪記——無政府主義や無神論から信仰の真実にいたるまで——を書き、自身の啓示を世に明かそうと思い立った。すなわち、現代文明は破滅の淵に落ち込もうとしており、反キリストは戸口まで来ている。そして、もうその恥ずべき烙印を捺しはじめているのだ、秘所に、女の乳房の下や男の腰に。

彼が自伝を書き終えようとしたそのときに現われたのが、つまり、例のクルシェバンの記事なのである。「種は豊かな土壌に落ちた」

フランスの旅行家デュシェラは一九二一年五月、記事を発表し、その中で（革命が老いた罪びとを地上から抹殺したものと思い込み）故人にのみ示される尊敬の念をこめてニルスについて語っている。

「貴重な匣を開ける前に、自分の本の断章を、また記録としてまとめていた資料の一節を、私に読んでくれた。フィラレット府主教の夢、教皇ピウス十世の回勅からの引用、聖セラフィン・サロフスキーの予言、イプセン、ソロビヨフ、メレシコフスキーの一節……。それから、聖遺物匣を開く。匣には、凄まじいほど乱雑に、堅い芯の入ったスタンドカラー、銀の匙、さまざまな工業学校のメダル、アレクサンドラ・フョドロブナ女帝のモノグラム、レジオン＝ドヌール十字章などが入っていた。彼の熱せられた空想力はそのすべての品に三角形、または交差した二つの三角形の形をした『反キリストの印』を見出したのだ。リガで、『三角製靴』工場で、製造された雪靴にも、女帝のイニシャルを様式化したモノグラムにも、レジオン＝ドヌール十字章にも」

デュシェラ氏は啓蒙主義の伝統にのっとった教育を受けており、すべてを懐疑と不信の目で眺め、実証的証拠を求める。『反キリスト王国憲章』は疑いもなく単なる神秘化にすぎず、一時期、全カトリック界を煙《けむ》にまいたエドゥワール・ドリュモンやレオ・タクシルの神秘主義の手合いである。疑い深い実証主義の教え子が自分の疑いを述べていると、セルゲイ神父は急に立ち上がり、蠟燭の炎を素手でつかんで、明かりを消した。夕闇は迫っていたが、部屋はまだ明るかった。外は雪が仄《ほの》かな光を放ち、サモワールがランプのように輝いていた。ニルスは客人に窓辺に来るように合図した。純白の雪の上に修道院に向かって歩いていく男の影が鮮やかに見え、足下に軋《きし》む雪の音が聞こえた。「あれがだれだかおわかりか」足音が遠のくと、セルゲイ神父が尋ねた。その目は狂気に光っていた。「薬剤師のダビト・コゼルスク、またはコゼルスキ。(あの連中のことはけっしてわからんのだ。) 渡し場までの近道を探すという口実をつけて――渡し場は修道院の農場のずっと裏手だというのに――教会のまわりをうろついておる、こいつを手に入れようとな」そしてその大きな農夫のような手で、黒いケースに入って机の上に置かれたままだった本を覆った。ケースには、薄闇の中に、大天使ミカエルを描いた金箔の小さなイコンがはっきりと見て取れた。セルゲイ神父はその上に十字を切った、パンを聖別するときのように。

3

マリヤ・ディミトリエブナ・カシキナ、旧姓ブトゥルリン伯爵令嬢は、三十年ほどの時間を経てセルゲイ神父について語っている。「修道院領の家で、ニルスは妻と暮らしておりました、旧姓はオゼロバ、そして一番目の情婦もいっしょでした、出戻り女です。三番目の女はいつも病気がちで、十二歳になる実の娘に付き添われ、時折やって来ては仲間に加わるのでした。ニルスはその子の父親だと言われておりました（ニルスの友人たちが行なう降霊会の席で、この娘は霊媒となりました）。揃って散歩するのをよく見かけたものです。ニルスは真ん中で、長くて白い鬚《ひげ》をたくわえ、明るい色の百姓のルバシカを着て、修道僧の紐を腰に巻いていました。左右を二人の女が歩いていきます、ニルスのひと言ひと言を呑み込むように聞きながら。娘は母に付き添うようにして、みんなの後から少し遅れてついていきました。森に着くと、木陰に腰をおろすのです。オゼロバ夫人は水彩画を描きはじめ、二番目の女は編み物をするのでした。ニルスは女たちのかたわらにながながと横になり、空を見つめたまま、もうひと言も口をきかないのでした」

このM・D・カシキナは、『謀略』が豊かな土壌を見出したこの狂おしい世界のカーテンをほんの少し開いてくれる。そこでは迷信とオカルト主義と神秘的な狂気が、狂信や放蕩と混在している。

「修道院でニルスはある修道僧と親しくなりました。それは、どちらかと言いますと道徳的にはどうかと思われる人物でしたが、画家としての本物の才能を少しは持ち合わせておりました。ニルスのすすめで、修道僧は一枚の絵を描きあげましたが、それは皇帝の家族が雲間を漂う様子を描いたものでした。その雲のあたり、暗い入道雲の中から、角を生やした悪魔たちが三叉の矛《ほこ》を手に立ち現われ、若い皇太子に向かって蛇のような舌を脅すように突き出しています。悪魔の軍勢に立ち向かうのは土地の無宿者ミーチャことミーチャ・カライダで、サタンの力を打ち破り皇太子を救おうと駆けつけたのでした。――自分の妻、旧姓オゼロバのおかげで、ニルスはこの絵をサンクト・ペテルブルグに送ることができました。ミーチャはじきに宮廷に召し出されます。付き添いの中にはニルスもおりました。ミーチャの馬鹿の意味のわからない呟きを『この世の言葉』に通訳したのでした」

4

一九三六年にノビ・サドの町で発表されたあるニルスの伝記は、セルゲイ・アレクサンドロビッチ・ニルスを神の人、信仰の人として描き、謀略に関する秘密めいた記録は、悪魔が自ら、霊媒の口を通して語るように語った本物ということになっている。N・D・ジェバーホフ公は（イスタンブールを経てノビ・サドに着くと、フルシカ・ゴーラの空の下に、自分が幼時を過ごした地方と同じように、平野が緑の波のようになだらかに丘の斜面へと移っていく風景を見出した)、一瞬たりとも『謀略』の主張を疑わなかった。この本は「無信仰者の作品であり、悪魔の命により書かれたもので、いかにしてキリスト教国を破壊し全世界を支配できるか、悪魔が無信仰者にその方法を示したのである」(ジェバーホフ公その人についていえば、私は会ったことがあるのではないかという気がするが、一九六五年の凍てつくような冬のノビ・サドで、カトリック教会の庭の隣のカフェテリヤだったと思う。背の高い痩せた男で、鼻眼鏡をかけ、少し猫背で、暗い色の擦り切れた上着を着て油じみた黒のネクタイをしていた。つまり、彼の同時代の人々が描いた姿、その通りだった。強いロシア語訛りで話し、上着の襟にはニコライ勲章をつけていた。テーブルの前に立って、ニコチンの染みのついた細い指で、ひと切れのチーズパイの皮をめくっていた、本のページでも繰るように)。

ジェバーホフの伝記からは、驚かずにはいられないが、セルゲイ・アレクサンドロビッチ・ニルスが革命後、何年も、南ロシアのどこかで、その妻、旧姓オゼロバといっしょに、神の平安のうちに暮らしていたことがうかがわれる(ほかの二人の女性の足跡は革命のどさくさにまぎれて失われてしまうが、かつて霊媒だった少女が警察の手先となったのではないかと思わせる証拠はある)。ニルスはセラフィンという名の隠者と住居を分かち、近くの小さな礼拝堂で説教をしていた。テロ、飢餓、流血、それらはただ反キリストの支配が『謀略』に述べられたシナリオによって実現されていく証拠にすぎない。かつて秘密めいた暗号の形で現われた三角形は、今や軍服や軍帽のボタンに刻印され、コフキコガネのように群がっている（ここでもまたセルゲイ神父は僧衣の深いポケットの中から、悪魔の身体でも取り出すように、ひと握りのブリキのボタンを取り出す）。

一通の手紙（それはジェバーホフ公の許にあの世からの伝言として届いたが、オラン、マルセイユ、コンスタンチノープル、パリ、スレムスカ・ミトロビツァ、ノビ・サドの消印が押してある）からわかったのは、恐るべき一九二一年のこと、赤軍の一支隊が二人の信仰の人の住む家を見つけ、兵士たちは二人を殺そうとしたという。すると、ある修道僧があいだに割って入り、天に向かって両手を挙げた。三人隊の隊長は、土地でも名を知られたならず者で、その額の上、羊皮の帽子には、生傷のように三角形が輝いていたが、突然、馬の上で身をよじらせると、稲妻にでも打たれたように地に落ちた。馬は踵《きびす》を返し逃げていく。ならず者たちも後を追って逃げ去った。隠者セラフィンとセルゲイ神父が謎の修道僧、災厄から救ってくれた守護者に感謝しようとすると、つい先程、天に向かって両手を広げて立っていたその場所には、今やひと筋の霧が漂っているばかりで、踏みつけられた草が緑のバネのように身を起こそうとしていた。

それでも、最後の勝利は悪魔のものだった。ある日のこと、内務人民委員部の一隊が夜更けに修道院の扉を叩いたのだ。懐中電灯は、セルゲイ神父が妻に寄り添うようにしてまだ暖かい暖炉のかたわらにうずくまっている姿を照らし出した。隊員は神父の鬚をつかみ寝床から引きずり出した。あのとき神父を救った正義の保護者は、今度は現われなかった。セルゲイ・アレクサンドロビッチ・ニルスは一九三〇年の正月、どこかの強制収容所で心臓発作で死んだが、その著『反キリスト』によってやがて起こる犯罪を準備したということは知る由《よし》もなかった(かつて宮廷の女官だったその妻オゼロバが生涯を終えたのはそれから七年後のこと、北極海沿岸のある強制収容所だった)。

5

セルゲイ神父が世俗の喧噪を離れ、悪魔の印を集めているうちに、神父の本の一冊が元女帝の手にわたる。女帝はエカテリンブルグの町で、イパティエフ邸に幽閉されていたのである。白衛軍の強力な騎兵中隊が皇帝の一族を救出しようと町に侵入する。だが、時すでに遅く、皇帝の一族の後には、ひと山の骨が残るばかりだった。同時代人である某ビコフは、その事件をこんなふうに説明している。「夜中の二時ごろ、突然、イパティエフ邸の一階でめちゃめちゃな撃ち合いが始まったのです。助けを求める凄まじい叫びが聞こえ、それから何度か散発の銃声がしました。子供たちのだれかが命を絶たれたのです。後は、シベリアの夜の重苦しい静けさ。まだ温もりの残る死体は極秘のうちに隣の森へ運ばれ、そこで細切れにされ、硫酸で溶かされてから石油をかけられて焼かれました。恐ろしいことに汚物のように腐乱してどろどろの遺体、骨や装飾品の焼けたかけら、そして崩れた肌にはダイヤモンドが輝いていましたが、それはみんな大急ぎで廃坑のひとつに捨てられました」

イパティエフ邸で、皇帝一族の残された家財の目録(象牙の把手のついたトゥーラのサモワール、タペストリー、フランスの陶製尿瓶《しびん》、イコン、十八世紀の名匠による絵画数点、無署名のカンバス一点、そこには皇帝の一族が目を突き刺され、雲に乗って天国へと漂っていく様が描かれている)の作成にあたった委員会は、家具と高価なイコンの山の中から女帝が手元に置いていた蔵書を発見する。それは大方、教会関係の書物や神秘的な本であり、ドイツ語、フランス語、ロシア語で書かれていた。そのうちの三冊は疑いもなく女帝個人のものであった。ロシア語の聖書、『戦争と平和』第一巻、それにニルスの書(第三版、一九一七年)である。女帝はそこに、避けられぬ最期を予感して、逆卍を描き込んでいた、幸福と神の祝福の象徴を。

6

故女帝の聖なる手によって鉤十字の記された『謀略』が思いがけず発見されたことは、多くの人々にとって天啓を意味した。デニキン軍付属の英軍将校たちの証言によると、普及版が「文字の読めるすべての兵士」のために作られ、戦士の揺らぎはじめた士気を高めるためだけでなく、偉大なる殉教者アレクサンドラ・フョドロブナのための慰霊の役目も果たした。兵士たちは焚き火のそばに坐り、かすれた声でニルスの予言と『謀略』の一節を朗読する将校のまわりに集まっている。単語と単語のあいだに生じる静寂の中に、大きな雪片のさらさらいう音と、時折、はるか彼方から、コサックの馬の嘶《いなな》きが聞こえるばかりだった。

「もし、どの国家にも二つの敵があり」水晶のように澄んだ将校の声がこだまする。「外部の敵に対しては、例えば、夜襲とか不釣り合いな大軍による攻撃とかいった可能なかぎりの武力の行使が国家に許されるなら、最悪の敵、既存の社会秩序と繁栄を破壊する者に対しては、なぜそのような方策が、許しがたい不自然なものとみなされるのか」

将校は一瞬、本をわきに置く、人差し指をページのあいだに挟んで。

「さて、諸君、彼らがどんな道徳を説いているのかといえばだ」

（従卒が休止を利用して将校の頭上の天幕に積もった雪をふりはらう）

「自由という言葉は――この言葉をまるでイタリックで印刷されているように発音した――人間社会をあらゆる力に対して、すべての権力に対して、神の支配に対してさえ、戦うように仕向けるのだ。よって、我々が世界を制覇した暁には……」――ここでふたたび本を置く、人差し指をページのあいだに挟んで。――「諸君、この文章にある謎めいた我々とはだれのことであるか、改めて強調すべくもないと思うが……。我々とは、彼らのことだ」それから、急に本を持ち上げる、なぜならこの表現はまったく効果的で十分なものだと思われたからである。「であるから、我々が――つまり彼らが――世界を制覇した暁には、この言葉――自由――を人類の辞書から削除することを自らの責務とみなすであろう、なぜならこの言葉は生命力を体現しており、よって群衆を血に飢えた獣に変えてしまうからだ。もっとも、この獣は血をたらふく飲むと眠ってしまい、そうなれば鎖につなぐのは容易《たやす》いことだ」


軍隊は熱狂し、新しい知識で武装して、今や疚《やま》しい気持ちをもたずに大虐殺《ポグロム》に向かう。書物という殺人者による最初の大量の犠牲者は、すでに数万という数にのぼる。ある『百科事典』は――その客観性については問題視する者も多く、とくに『謀略』の信奉者たちはそうである――一九一八年から一九二〇年にかけて、ウクライナだけで、約六万人が殺されたという数字を挙げている。

7

白衛軍の将校たち（連合軍の船で母国を去っていく）の荷物の中には、新約聖書やダーリの辞書やイニシャル入りのタオルに混じって、ページに爪で印をつけた『反キリスト』があったはずだ。こうして、この本のフランス語、ドイツ語、英語の翻訳がじきに現われる。その際、ロシア人亡命者たちがこの仕事に言語の上で貴重な助力をすることになる。

専門家たちは、学識あふれる注釈を施し、この草稿の謎めいた由来を明らかにしようと試みた。矛盾し混乱した主張が生まれ、それに基づいて――結局のところ《トゥー・コント・フェ》――『謀略』のもととなった記録は、大変な危険を犯して手に入れたのだ、と結論されるはずである。本物の手稿が保管されている古文書館は、ある種の地獄の入口で、そこには一度入ればおしまいである。そして、七つの秘密の印で封印されたその扉を通って、一度だけでもその中に入ることのできたのは、狐の狡猾さと猫の器用さと川獺《かわうそ》の心臓を合わせ持った者だけだった。フランスの資料によると、ひとりの女性が、アルザスで（ニースで、という資料もある）、愛人が信仰の人の夢を見て眠っているあいだに、手稿を盗み出したのだが、その信仰の人の秘められた世界制覇の夢がじきに目も見えず耳も聞こえない人類に布告されることになるとは、彼女も予想しなかった。元モスクワ宗務院長、元宮廷顧問等々であるP・ペトロビッチ・ステパノフの、一九二七年四月十七日、スターリ・フトグで、宣誓のもとになされた陳述によると、その本の手稿は前世紀末にはすでに彼の手元にあったという。ステパノフはそれを自費で出版した。ロシア語への翻訳で、発行年や発行地は記さず、著者名も出版社名も記さずに、「個人的な目的で」出した。手稿をパリから持って来たのは知り合いの女性であった。一方、シシマレフとかいう夫人は、本稿の著者はマイモニデソフの信奉者であるアシェル・ギンズベルグであると断言した。本来の手稿はヘブライ語だったが、彼の手によってオデッサのどこかで書かれた。他の翻訳はこれを元にしている。世界戦争開始の計画は、このマイモニデソフの弟子の病める意識の中に生まれ、後に——彼女はそう断言する——一八九七年、ブリュッセルで開催された秘密会議で共謀者たちに受け入れられた。ロシア人亡命者たちは有力な後援者たちに『反キリスト』(『謀略』はその一部となる)のタイプによる写しを贈った。一九二三年、あるパリの仮面舞踏会で、『反キリスト』は、鵞鳥の丸焼きやキャビアと並んで、富籤《とみくじ》の景品になった。不幸なプロシア公ヨアヒム・アルブレヒトさえも、亡命先で、ニルスの書を、給仕やタクシーの運転手やリフトボーイたちに分け与えている。諸君もひとつ読んでみるがいい、何もかもはっきりする、私自身の亡命の原因ばかりではなく、前代未聞のインフレやホテルのサービスがひどく低下した理由さえも。本の一冊は、ホーエンツォルレン王家最後の人の手になるゴシック字体の署名入りで（その本はある名高いパリのレストランのシェフに献じられたが、相続人は無礼にもその本を競売にかけて売り飛ばした）、それを見ると皇子は最初のドイツ語版、すなわち一九二〇年版を持っていたことがわかる。同書は、有名な「アウフ・フォルポステン」誌を発行していたドイツ民族主義エリートの後押しで印刷された。「印刷術が発明され、アルファベットが考案されて以来、本書ほど民族精神の覚醒に役立った本はない」と、同誌は述べているが、多少の誇張は理解できないでもない。結論は黙示録的である。「もしヨーロッパの諸民族が、本書で秘密の計画を明らかにしている共通の敵に対して立ち上がらなければ、二千年前に古代文明が破壊されたのと同じ解体酵素によって、我々の文明も破壊されてしまうだろう」

五版を重ねたことは、読者の確かな反応があったことを示している。

その本が本物であるということは、だれも疑わなかった。ほかの翻訳の元となったニルスの『反キリスト』は、大英博物館の蔵書としてはっきり存在するのだ。大半の人にとって印刷された活字に向かうのは福音書に向かうのと同じであるから、多くの人はその証拠を考えもなく知的な警戒心もなしに受け入れた。「いったい——『タイムズ』紙の編集長はぞっとして自問する――犯罪者の一団がこのような計画を実際に立て、まさに今、それが実現したことで喜んでいるなどということが可能だろうか」――その決定的証拠が保管されている図書館の蔵書は、その埃まみれの書棚に多くの埋もれた秘密を隠している。偶然と運命と時機とがうまい具合に巡り合うと、これらの力の交点はふたたび大英博物館の暗い地下室を通過することになる。

8

この小説の入り組んだ筋は今、どこかの広場の近くにある三流ホテルに我々を導いていく。前景に礼拝堂がそびえ立っているが、それは大聖堂かモスクである。葉書に貼られた色褪《いろあ》せた緑色の切手から推測するに、聖ソフィア大聖堂であるらしい。消印には一九二一年と捺してある。そのホテルに住んでいるのはロシア人亡命者のアルカディイ・イポリトビッチ・ベロゴルツェフ騎兵大尉で、軍隊外では林業技師だった。この男の過去はよくわからないし、彼もあまり語りたがらない（葉書の文面は天気や神や東洋の風習について書いてある）。特別警備隊での勤務は、今やも身にはあまり名誉なことと映らなかった。ロシアを去ったのはまずもって皇帝に立てた誓いによる義務のためで、軍人の誓いを踏みにじることはできないと言っていた。

その絶対的な至上命令——陸軍士官学校的な名誉観——が彼をイギリス船でコンスタンチノープルまで連れてきてしまったというわけだ。そして、ここに錨《いかり》をおろした。うす汚いホテル、ゴキブリ、郷愁。A・I・ベロゴルツェフは直立不動の姿勢を保つのがますます難しくなってきた。そこで、最初は、皇帝のイニシャルと金鎖つきの銀時計（父からの贈り物）を質に入れ、次にダーリのロシア語辞典を売り（売る前に自分の蔵書票を剝がしておいた、交差した二本の剣のあいだに十字架のある蔵書票だ）、観兵式の剣、銀の煙草入れ、印鑑つき指輪、鹿皮の手袋、琥珀《こはく》の煙管《キセル》、そしてしまいには、ゴムの雪靴まで売り払った。

ある晴れた日、さくらんぼう色の旅行鞄に入った残りの本にも順番が回ってきた（恐ろしいほどの暇をもてあまし、郷愁に駆られた白衛軍の将校たちは、精神衛生上の理由から、政治的な情熱を詩に代えてしまう。ロシアの詩人たちの作品が、古本屋の仲介で、ぐるぐると回された、まるで賭博場のトランプのように）。アルカディイ・イポリトビッチ・ベロゴルツェフは、そんな場合に備えて鍛えてあった知恵で、自分を慰めるのだった。人間、熟年ともなれば本から引き出せるものはすべて引き出してしまった——幻想と懐疑を。蔵書を引きずって、背に負って行くわけにはいかないさ、蝸牛《かたつむり》じゃあるまいし。個人の蔵書とは、思い出の中に残ったものだけだ——つまり精髄、沈殿物なのだ（ダーリという名前だけが意識の中で何かの詩の題名のように響いた)。それじゃあ精髄とは、沈殿物とは何か。『オネーギン』はぜんぶ諳《そら》んじていたし、『ルスランとリュドミラ』もほとんど暗記していた。レールモントフなどは髭剃りの切り傷に血止め薬を押し付けているあいだに朗唱したものだし(「弾丸を胸に……」)、時にはブローク、アニェンスキー、グミリョフなども諳んじていた……。さらにロシア詩人の幾人かは、断片的に。つまり、沈殿物とは何か。フェート、バイロン、ミュッセからの数行(空腹は記憶によろしくない、禁欲主義者が何と言っても)。ベルレーヌの「感傷的な対話」とか、ラマルティーヌとか、そのほか文脈なしに、全体から切り離されて現われる詩句、ラシーヌかコルネイユの Vous mourûtes au bord où vous fûtes laissée(あなたは岸辺に置き去りにされて死んだ)とか。

「ところで、諸君、個人の蔵書にはどんな役割があるか。——まずもって、メモの役割だ。詩の話はさておいて」と、家族蔵書の元所有者は言葉を続ける、「まじめな問題に移ろう。(ボリシェビキは、詩とは霧か、さもなくばプロパガンダだと言うが、たぶんその通りだ。)私たちは森の中にいる、アナトリアかセルビアかどこかの。(そ《ア・》れはそうと《プロポ》、みんな今、セルビアに行く準備をしている。)私といっしょにいるのは、我らが敬愛する(彼女に近づき、手を取り、「森を散歩する」)エカテリーナ・アレクセエブナ……月の光。私は、あの神秘主義者トリストメギストスの言う、私であるところの者、アルカディイ・イポリトビッチ・ベロゴルツェフ、民間人としては林業技師（これは、諸君、これはきわめて重要である――林業技師）」突然、エカテリーナ・アレクセエブナが宿命的な質問をする。「ねえ、それでこの花は何といいますの」私は正直者だから出まかせを言うわけにはいかない。敬愛する等々、正直申しまして、知らないのです。けれども――私はすぐに付け加える。「手元の蔵書で調べられますよ」

みんなは笑った。けれども、みんなにもわかっていた――アルカディイ・イポリトビッチがそんなことを言うのも、ほろ酔いかげんであったにしろ、蔵書を売ってしまった悲しみをまぎらわすためだ、何せ革のトランクに詰め、海を越え陸を越えて運んできたのだから、背に負って、蝸牛みたいに。

幸運な買い手であるX氏は、そうしたことをすべて「一定の距離をおいて」眺めていたが、居心地の悪さを感じた。みんなの視線が自分に向けられているような気がする、咎めるように。

9

次の日、X氏自身、少し酔いが残っていたが、これまでまじめに見たことのなかった本をかき回しはじめた。これらの本が値打ちものだという話は――もちろん感傷的な枠組を別にすれば――X氏には今や大げさにすぎると思える。このコレクションの中で唯一注目に値する作品――『ロシア将校見聞録』――でさえ、アルカディイ・イポリトビッチに返してもよいくらいだった、そんな申し出が侮辱と取られなければだが。本は、まとめて《アン・ブロック》買い取ったが、それは何よりも「皇帝の将校で自分の友である者が道徳的に落ち込むのを防ぐ」ためだったと、後に語っている。しかし、ロイヤル・ホテル（中心街のそれではなく、もうひとつの、擦り切れた紋章を馬鹿にしたように掲げているホテル）の憐れみを催させるような部屋で革張りの長持ちをのぞき込んでいたときには、ラジェチニコフの署名入りの『ロシア将校見聞録』には興味がなかった、本当の興味はなかったということは否定できない。「で、我々の後に何が残るか、諸君」と、そのとき、低い声で独り言のように言った。「恋文」――「それから、ホテルの未払いの請求書だ」と、もうひとりがふと呟いた。

目録はさほど長くない。ラス・カーズ『Mémorial de Sainte-Hélène（セントヘレナ島の思い出）』（発行年なし。奥付けはどうやらちぎられている）。『皇帝アレクサンドル一世の小品逸話集』、モスクワ、一八七四年。『M・A・ボルコバからランスカへの書簡』、モスクワ、一八七四年。P・M・ビコフ『The Last Days of Tsardom（帝国最後の日々）』、ロンドン（日付なし）。『モーリ僧院長へのナポレオン・ボナパルトの懺悔』、仏語からの訳、モスクワ、一八五九年。I・P・スコバリェフ『同志への贈り物、またはロシア将校往復書簡』、サンクト・ペテルブルグ、一八三三年。マルモン『Mé-moires 1772-1841（回想録一七七二―一八四一年）』、パリ、一八五七年（一巻から三巻まで、Marmont, maréchal, duc de Raguse の署名あり）。デニス・ダビドフ『現代戦争史のための資料集』（発行場所、発行年なし）。ミストリス・ブラドン『アウロラ・フロイド』、小説、サンクト・ペテルブルグ、一八七〇年。グラフ・F・V・ラストプチン『手記』、モスクワ、一八八九年。D・S・メレシコフスキー、『トルストイとドストエフスキー』、サンクト・ペテルブルグ、一九〇三年（署名とV・M・シュチキナという女性への献辞入り）。A・S・プーシキン『作品集』、帝国科学アカデミー版、V・I・サイトフ編（三巻）、サンクト・ペテルブルグ、一九一一年。クヌト・ハムスン『選集』（一巻から四巻まで）、サンクト・ペテルブルグ、一九一〇年。『ロシアにおける大虐殺《ポグロム》史資料集』、ペトログラード、一九一九年。A・S・プーシキン『書簡集一八一五―三七年』、サンクト・ペテルブルグ、一九〇六年。L・N・トルストイ『戦争と平和』、第三版、モスクワ、一八七三年。L・N・トルストイ『セバストポリ物語』、モスクワ、一九一三年。リチャード・ウィルトン『The Last Days of the Romanovs（ロマノフ家最後の日々）』、ロンドン、一九二〇年。『ロシア語で出版されたロシア史に関する手記、日記、回想、書簡及び紀行文概説』（三冊）、ノブゴロド、一九一二年。イリ・デ・シオン『現代ロシア』、モスクワ、一八九二年。ジュアン・プレバル『Anarchie et nihilisme（無政府主義と虚無主義）』、パリ、一八九二年（R・J・ラチコフスキーという者の筆名ではないかとの重大疑惑あり）。W・M・サッカレー『Vanity Fair. A Novel without a Hero（虚栄の市――主人公のない小説）』、タウフニッツ版、ライプツィヒ（日付なし）。N・I・グレッチ『我が人生の記』、サンクト・ペテルブルグ、スボリン版（日付なし）。メリオル・デ・ボーグ『Les grandes maîtres de la littérature russe（ロシア文学の巨匠たち）』（第五五巻、第五六巻、第六四巻）、一八八四年。『ロシア将校見聞録』、I・ラジェチニコフ版、モスクワ、一八三六年。『ロシアにおける農業発展のための自由経済学会論文集』、サンクト・ペテルブルグ、一八一四年、『ゴーゴリ書簡集』、M・シェンコル編、モスクワ、発行年なし。D・I・ザバリシン『デカブリストの手記』、サンクト・ペテルブルグ、一九〇六年（ザバリシンによるイッポリト・ニコラエビッチ・ベロゴルツェフへの献辞入り）。そして、最後は、表紙のない、安っぽい革の装幀の本。

（この目録のうち何が家族の遺産で――革の装幀の本だ――、何が最近の出版物か、読者にはおわかりと思う。最近の本を見ると、ある意味で、あまり知られていない元特別警備隊将校の知的な横顔を明らかにすることができる。）

10

少なからぬ好奇心を抱き、ある種の形而上的な不安を覚えながら――（「で、私たちの後に何が残るか、諸君。恋文……それから、ホテルの未払いの請求書だ」）――ページをぱらぱらとめくってみた後、X氏は本をふたたび新しい軍靴とラベンダーの香りのする長持ちに納め、その表紙のない本を調べはじめた（僕は、長持ちのかたわらにしゃがみ込み、ランプの光に本をかざしているX氏を想像している）。本を手に取ってためつすがめつ眺めては、鼻先に持っていく（古書の匂いが好きだった）。本の背表紙に細かい字で言葉が刻印されているのを見つける、最初は、何か小説の題名のように思えた。九ページにマキャベリの思想――それともマキャベリのものとされている思想――があり、好奇心がかきたてられる。「国家には二種類の敵がある――外部の敵と内部の敵である。外敵と戦う国家はいかなる武器を用いるだろうか。交戦中の二国家の将軍は、互いに作戦計画を知らせ合い、相手国が自衛できるようにするだろうか。夜討ちをやめ、罠や待ち伏せや劣勢の敵との戦いを控えるだろうか。――ところが、諸君はこうした計略を、罠や落とし穴を、戦争に必要な戦略をことごとく、内部の敵に対しては、混乱を引き起こす者に対しては、使いたくないというのか」

その瞬間、X氏は降りしきる雪を見る。魂はホテルの部屋から遠くさまよい出た。

「国民主権の原則は——彼の好奇心はますます生き生きとしてくる——あらゆる秩序を破壊する。革命の権利を合法化し、政府に対し、ついには神自身に対する公然たる戦いに社会を巻き込むことになる。この原則は——力の具象化である。この原則は国民を血に飢えた獣に変え、この獣は血をたらふく飲むと眠ってしまい、そうなれば鎖につなぐのも造作ないことである」

外は暖かい地中海の夜なのに、Xには大きな雪片が舞い落ちてくるのが見え、イスタンブールの夜の静寂の中にコサックの馬の嘶《いなな》きが聞こえる。そして将校が一瞬、本をわきに置くのが見える、人差し指をページのあいだに挟んだまま。(「さて、諸君、彼らがどんな道徳を説いているのかといえばだ」)従卒が休止を利用して天幕に積もった雪を手でふりはらう。X氏は雪が外套の袖に滑り込むのを感じる。酔いはすっかり醒めてしまった。今度は、遠い情景のように思われた。ずっと昔に過ぎ去った出来事のように。カルパチアの山陰の静まり返った窪地で、兵士たちは焚き火のかたわらに坐り、将校を囲んで集まっている。将校は、ロシアと皇帝と定まった秩序に背く卑劣な謀略について読み聞かせている。その将校、それは砲兵大佐ドラゴミロフ、セルゲイ・ニコラエビッチである。そのとき兵士に読んで聞かせていた本は、ドラゴミロフが名誉の戦死を遂げた後（エカテリンブルグ占領の際である）、まさに彼、Xのものとなったのである。

急に気になって、Xは自分の蔵書の中からセルゲイ・ニコラエビッチ・ドラゴミロフに遺贈された本を探してみる。それは（読者は思い出したことだろう）ニルスの『反キリスト』であった。ドラゴミロフは、その本を聖書のように信じていた（Xは少なからぬ数の夜を彼と過ごし──故人を覆う土の軽からんことを──ロシアについて、神について、革命について、死について、女について、馬について、砲術について議論したものだった）。兵士の背嚢を転々とし、何度も読み返されてはいたが、その本は今もなお、かつての豪華版の輝きをどこか残していた。黄ばんだページには、以前の持ち主の爪跡や指紋が残っていた──おそらく彼の唯一のこの世の名残だろう。

Xは二冊の本を比べてみる。この無名の書物の冒頭でもう、また、何となく知っているような段落のあるのを見つけた。「共食いをする、人間と呼ばれる獣を束縛しているものは何か」と、そこにはあった。「社会生活の初期には、粗暴で制御できない力が作用するが、後には──法律が作用する。つまり、またしても力だが、法的形式によって規制されている。常に力が権利に先立って現われるのだ」

もう一方の本、ニルスの『反キリスト』には、『謀略』の題のある付記には、余白に爪で印をつけられた部分がある（そして、今は亡きドラゴミロフの澄んだ声さえ聞こえてくるようだ）。

「人間と呼ばれる血に飢えた獣を、束縛していたものは何か。今日の今日まで彼らを導いてきたものは何か。社会秩序の初期には、粗暴で盲目的な力に服従していたが、次いで法律に服従する。それもやはり力だが、ただ仮面をかぶっているだけだ。すなわち、自然法則によれば、権利は力の中にあると結論できる」（「さて、諸君、彼らがどんな道徳を説いているのかといえばだ」）

グレブスも証言する生来の謙虚さにもかかわらず、Xは（この屈辱的な略号も過度の慎重さの印だ）、自分が発見したものの意味に気づいていたのだと思う。作者不明の本の中に、もう二十年にもわたり人々を興奮させ、不信感や憎悪や死を植え付けてきた『謀略』の秘密の出典を発見したのだとしたら、第一に、その本が、謀略者呼ばわりする人々に向けられた恐るべき脅しを取り除いたことになる。（ここで彼の目の前には、ある少女の正気を失った眼差しが浮かぶ、オデッサ付近のことだ。そこに隠れようとしたのか、洋服ダンスの壊れた扉に頭をもたせかけ、まだ息はあるが、石のように横たわっている。鏡には、ばらばらに切断された死体、散乱する家具や鏡の破片、サモワール、割れたランプ、下着や服やマットレスや引き裂かれた羽根布団が引用された断章のように、映っている。通りは雪で覆われている。つまり、あたり一面、木の上にも、羽根が降ったのだ。）一方――それはもう彼にだけ、彼自身の心にだけしか意味をもたなかったが――砲兵大佐ドラゴミロフの主張に反し、秘密の国際的謀略など存在しないのではないかという彼自身の疑いを裏付けるような、決定的で否定しがたい証拠をついに手にしたのだ。「もうずっと前から、諸君、秘密でもなんでもないボリシェビキを除けば……。ついでに言うと、諸君もご存知のように、私は、デニキン将軍の命で、ロシアにニルスの書にあるような秘密の謀略団体があるかどうかを確かめるためにアンケートを行ないました。それでなんと、諸君、我々が発見した唯一の秘密組織とは、ロマノフ家の復権を目的とする組織だったのであります……。まああ、抗議はよしてください。それについては証人たちの陳述を含む公式の議事録があるのです……。そうです。ロマノフ家の者ならだれでも……。一度などは、諸君、私はちょうど謀略者たちを処刑した直後に行き合わせたのであります。あの光景は、私の意識の中にはまだ傷のように残っている……。大佐殿、もし大佐殿の謀略者たちがあの少女のようなものでありましたら……」（終わりまで話をさせてやれ、諸君、もう少し寛容に。）「……そして、もしそれが、ロシアが払わねばならぬ代価なのでしたら……」――抗議の声、遠くから聞こえるくぐもった男たちの声が合唱となって、彼の言葉と思い出を中断する。（「諸君、就寝の時間だ。明日はまた大変な一日が待っている……。諸君、注意しておくが、外はもう空が白みかけているぞ」）

X氏が本を――今はもう下線が引かれ余白に印のついた――閉じたときには、外はもう空が白みかけていた。疲れているのに、眠れなかった。十時になるのを待ち、グレブス氏に電話を入れる。「タイムズ」紙の特派員である。

11

一九二一年八月、ロンドンの「タイムズ」紙――一年たらず前、『謀略』に「こんな予言の才があり、ことごとく予《あらかじ》め言い当ててしまった」のはいったいどうしたことなのだと驚きのあまり自問したあの新聞――、つまり、矛盾の知恵をもっていたあの「タイムズ」紙は、コンスタンチノープル特派員フィリップ・グレブスの記事を掲載した。グレブスは取材相手の希望を尊重し、彼の名前を伏せている。（こうして、お話ししたように、この事件にかかわったのは偶然だが、そのために重要さを少しも欠くことのない人物のひとりが、匿名のXとして記録されることになる。）グレブス氏は彼の社会的な身分だけを明らかにしている。ロシア正教徒、立憲君主主義者、反ボリシェビキ。内戦中は、砲兵大佐ドラゴミロフの従卒。最初の電話があったときの話から重要でない細部を省略し、グレブス氏は読者のために、その日の午後、二人がロイヤル・ホテル（中心街の）のバーで話したことの内容を要約しているが、話は夜の五時から十時まで及んだ。

「特別警備隊の元将校がコンスタンチノープルに逃亡、やむをえず多くの古書を売却した。その中にフランス語の書物があった。判は十四センチ×九センチ、表紙がなく、安手の革の装幀だった。背表紙にラテン文字でJolyという言葉が刻印されている。『簡単な注記』と名付けられたはしがきには日付があった。ジュネーブ、一八六四年十月十五日。紙と印刷技術は一八六〇年から八〇年にかけてのものにまさしく照応する。こうした細部を記すのも、それが同書の題名を捜し当てる手掛かりになると信じるからである……。以前の持ち主、元特別警備隊将校は、同書をどうやって手に入れたのか覚えておらず、また同書になんらの重要性も認めていなかった。Xは、同書は特別の稀覯本であると信じている。ある日、ページを繰りながら、目にとまった一節とあの名高い『謀略』に見られる叙述が似ていることに驚いた。この発見の後で、『謀略』はその大部分がこのジュネーブ版原本の書き換えにすぎないと、ほどなく確信したのだった」

12

この二冊の本――ニルスの書、これは狂信者の一隊を動員し、犠牲者の血が捧げられたが、それにもう一冊の本、こちらは生け贄にされ、著者は不明であり、この世にたった一冊しかない、書物の中の孤児である――この人間精神の相矛盾した二つの創造物は、よく似ていて、またとても違っているのだが、それが六十年近くものあいだ、互いに四つの文字ほどの間隔で、何かカバラ的な距離に、置かれていたのだ（カバラ的という言葉を書くのは恐ろしいのだが）。一冊目の本はしばしば本棚の長く暗い小径を離れ、その毒を含んだ吐息が読者の吐息と触れ合い、その余白にはそうした出会いの印や、啓発の印（読者が他者の思想の中に自分自身の疑念の反映や自分自身の秘められた思想を見出すとき）が残されていたが、その間、もう一冊は埃をかぶったまま置かれており、思想として、精神としてではなく、ただ命のない物体として、かろうじて本として、保管されているだけであり、これを偶然に手にした読者は、いったい自分より先にこの本を繙《ひもと》いた者があったろうか、そしてこの世が続くかぎり、はたしてこの本に触れる者があるだろうかと自問する。つまり、読者の温かな手に届くとしたら偶然か、何かのまちがいで（利用者がまちがった番号を記入したとか、司書がラベルの番号を読み違えたとか）、あらゆる人間の努力は、したがって自分自身の努力も無駄だという考えに読者が、取り憑かれる、そんな本の中の一冊として置かれているのである。読者はもちろん、他の本を探していたのだ、詩とか小説とか、ローマ法とか魚類学研究とか、何でもいい、その瞬間、この埃だらけの本よりは永続的で無駄ではないと思わせるものを。この本は黴臭く、その黄ばんだページには、他のどの本よりもずっと年代の湿気が染み込んでいる、それはもはや埃ですらなく、忘却の粉、忘却の灰、死せる思想の灰なのだ。

このように、道に迷った読者は考える。

偶然と運命と時機とがうまい具合に巡り合うと、これらの力の交点はこの本の上に落ち、太陽の光のように、「強い光をもって」本を照らし出し、忘却から本を救い出すことになるのだ。

13

ある日のこと、大英博物館の図書館に二人の新聞記者が現われる。探偵のように帽子を目深にかぶり、ポケットにはグレブスの手紙を入れていた。『Joly』という書名から、探していた本を手に入れることほど容易《たやす》いことはなかった。こうして謎に満ちた『謀略』の原典（シシマレフ夫人によれば、ヘブライ語で、アシェル・ギンズベルグの手で書かれたのであり、ジェバーホフ公によれば悪魔の直接の命により書かれた）は、長い歳月の後、日の目を見ることになった。

デレフスキーの言うこの「厚かましい禿鷹ども」は、この本を自分たちの低劣な目的のために利用した――『地獄におけるモンテスキューとマキャベリの対話、または、ある現代人による十九世紀のマキャベリの政治』――この本は、疑いもなく、ローレンの言うように、近代の独裁者が個人的に使用するために、またはそうなりたいと望む者のために、書かれた参考書としては、最も優れたものであり、またノーマン・コーンによれば、この本は、冷酷なまでの明晰さをもって、二十世紀の全体主義を予告している。「悲しむべき不滅性」、彼はそう付け加えている。

14

人間の遺骸が完全に解体するにはどれほどの時間が必要か（フロベールが純粋に文学的理由から研究した問題である、彼の言葉を信じるとすればだが）、それについては、さまざまな著者が、十五か月から四十年までと、さまざまな仮説を立てている。つまり、グレブスがモリス・ジョリーの本を見つけ出し、死から甦らせたときには、同書の著者の骨はすでに炭化して土と泥に混じっていた。著者が死んで四十五年近くも経っていたのである。

モリス・ジョリーは、市会議員とフロレンティーナ・コルバラという名のイタリア女の息子で、一八五九年に法曹界に入った。短い履歴に『対話』の成り立ちについて証言を残している。「皇帝の立法が、政治的自由を頂点から底辺まで破壊し、すべての行政分野で恐るべき屈折や転落を引き起こしたことを示す書物を著《あらわ》そうと、この一年、考えてきた。フランス人は厳格な形式で書かれた本など読まないだろうと、私は判断した。そこで、帝政が始まって以来、攻撃を隠さざるをえなかった我々の皮肉な精神にぴったりの鋳型に自分の作品を流し込む方法を模索した……。突然、一冊の本が私に残した印象を思い出した。その本を知る者はごく限られており、題名は『穀物についての対話』で、ガリヤーニ僧院長によるものだ。生きている者と死んだ者に対話をさせようという考えが浮かんだ、現代の政治というテーマで。ある晩、川縁を散歩していたとき、ロワイヤル橋のあたりだったが、私が表現したかった思想のひとつを体現できそうな人間としてモンテスキューの名が心に浮かんだ。では、だれが彼の話し相手になれるだろうか。ある考えが電光のように閃いた。マキャベリだ。法の政治を代表するモンテスキュー。そしてマキャベリ、彼はナポレオン三世となり、その悪政を表現する」

『地獄におけるモンテスキューとマキャベリの対話』は、一頭立ての荷馬車に積まれ、干し草の下に隠されてフランスに着き（密輸業者の百姓は、段ボール箱の中に密輸した煙草を入れて運んでいるものと信じていた）、専制を嘲る者たちの仲介で、全国にばらまかれるはずだった。人は変化による不確かな結果より不自由でも確かなほうを好むものだが、この本を最初に開いた者も（それは郵便局の下級職員で、「積極的な労働組合員」だったらしい）、死者の王国における対話を盗み聞きし、支配者へのあてこすりに気がつくと、本を遠くに放り出した、「恐怖と嫌悪感をおぼえて」。昇進を期待して、この一件を警察に届け出た。密偵が本の入った箱を開けると、煙草の密輸業者は、こんなペテンにかけやがったやつはひどい目にあわせてやると、心から呪ったものだ。警部の考えによれば、本は一冊もなくなってはいなかった。焚書は野蛮な習慣で、どこか中世を想わせるため人気がない。そこで、本は町を離れ、セーヌ河畔に運ばれて酸をかけられた。

モリス・ジョリーは、一八六五年四月十五日に法廷に引き出された。春の驟雨があり、新聞も黙殺したせいで、裁判を傍聴したのは、たまたまやって来た物見高い人たちだけだった。判決により本は禁書となって押収され、ジョリーは――「皇帝および帝政に対する憎悪と侮辱を引き起こした」かどで――二百フランの罰金（酸の値段と労賃）および禁固十五か月の刑を受けた。無政府主義者の烙印を押され、友に見捨てられ、しかも確固たる信念をもったジョリーは、この世界は本によって変えることはできないと覚《さと》ると、一八七七年の七月の早朝、自分の頭に弾丸を打ち込んだ。「もっと良い運命に恵まれてもよかった」と、ノーマン・コーンは述べている。「彼の死後数年のあいだに勢力を得て、今世紀の政治的激動を引き起こすあの力を、きわめて敏感に予感する能力をもっていた」

15

ある「厚かましい操作」（デレフスキーの言葉）のおかげで、専制とナポレオン三世のような素人暴君に反対する小冊子は、世界制覇のための秘密計画、『謀略』に変貌する。皮肉な偽造者たちは、警察の報告を信用し、硫酸がジョリーの本をことごとく破壊したものと考えた（彼らがなんとかして手に入れたその一冊を除いて）。少し言葉を変える、キリスト教徒の悪口を加える、ジョリーの空想から毒のきいた皮肉で辛辣な（マキャベリのものとされている）言葉を取り除く、そうした言葉を歴史的文脈から切り離すと――ほら、これでもう名高い『謀略』ではないか。

二つの文章を比較すれば、『謀略』が贋作であり、したがって「多くの憂慮すべき謎の鍵を握る謎めいた、陰険で危険な勢力」の作成した計画など存在しないことは明白に確認できる。「『陰謀』の決定的な最期」という見出しで掲載された「タイムズ」のセンセーショナルな発見は、論理的には、すでに多くの人を毒し、多くの生命を奪ったこの長い陰鬱な事件に終止符を打つことになってもよかったのである。

犯罪行為を犯した者や偽造者たちの動機などの探索は、事件から二十年ほど遅れて始まる。関係者のほとんどは死に、ロシアは世界から切り離されている。ニルス（セルゲイ神父）が修道院の古文書を調べている*。

『謀略』の本来の原典を探る話は、空想的で筋の入り組んだ長編小説の特別な一章をなす（小説という言葉が現われるのはこれで二度目だが、その言葉の意味と重さを十分意識してのことである。悪についての寓話にすぎないこの物語を、事件の展開が果てしなく続き、ヨーロッパ大陸はウラルまで、そしてウラルを越えてアメリカ両大陸に及ぶ広大な空間に広がり、数知れぬ登場人物と恐ろしい情景を背景に数百万の死者を伴う、そんな素晴らしい規模の長編小説にまで発展させるのを妨げるものといえば、ただひとつ、経済性の原則だけである）。その章は、悲しいほどに図式化されて無駄を省かれ――雑誌に見られる要約で、重要作品の本質が単なる粗筋になってしまうように――以下のようにまとめることができるだろう。

『謀略、または欧州社会崩壊の根はいずこにありや』は、フランスのどこかで（クルシェバンが正しくも主張したように）、前世紀末、フランスを相対立する陣営に二分したドレフュス事件が最高潮に達した時期に生まれた。その文章は、典型的なスラブ的言い回しやまちがいがあり（くだんの文は一ページ目に大きなインクの染みがあり、まるで「反キリストの血判」みたいだった）、この贋作者がロシア人であることを示している。ブルツェフは述べている、すべての道はローマに通ずというが、『謀略』の最初の版（ジョリーの本を略奪し無意味なものにしてしまったあの版である）の成立についての証言はすべてパリ駐在のロシア秘密警察長官、某ラチコフスキー――「有能で不吉なラチコフスキー」――に通じている。このラチコフスキーは、ニルスの供述によれば、この世のあらゆる悪魔のセクトと我が身を顧みずに戦い、「キリストの敵の鋭い爪を抜くために多くを為した」という。彼を身近に知る機会のあったピュスという人は、大文字のせいだけではなく、象徴派の詩形学を思わせる仕方で彼の肖像を描いている。「もし生涯に彼と会うことがあれば、彼に対して少しも不審の念を抱くことはないだろう、なぜなら彼の振舞いには彼の暗い役職を示すものは何もないからだ。大柄で活発、唇に笑みを絶やさず、馬蹄形の髭をたくわえ、目は生き生

＊ニルスはある隠者の日記を見つけようとする。その隠者は、ジェバーホフによると、墓の向こう側の現象についてきわめて写実的に語っていた。「はるか昔の事件を明らかにし、この世の出来事を予告するばかりではなく、日記の著者は、読む者に、死後の世界の光景を見せてくれるが、その写実性は、彼が洞察力に富むだけでなく、神に天啓を授けられたことをも証明している。彼の語った若者の話を思い出す。若者は母に呪われ、不可思議な力《ネベードミヤ・スィーラ》に取り憑かれ、地上から真空地帯へと引き離され、そこで四十日のあいだ、霊魂として生活し、霊魂のもとに戻り、彼の地を支配する法則にしたがった。この話はあまりにも風変わりで、思いつきや空想の余地はまったくない。ということは、死後の世界の実在や霊魂の生活を証明するものだ」（N・D・ジェバーホフ公、『セルゲイ・アレクサンドロビッチ・ニルス、その生涯と活動』、ノビ・サド、一九三六年）

きとして、ロシアのコリント人というよりは、むしろ素敵な陽気な陽気者のようだった。可愛いパリジェンヌに際立って弱いという面はあったが、欧州十大首都で最高の組織者だったことはまちがいない」(「エコー・ド・パリ」紙、一九〇一年十一月二十一日)。タウベ男爵は、革命から十年ほどして著書『ロシアの政治』の中で、まず自分のために、帝国の敗因を説明し、その一連の事件における秘密警察の重要な役割を示そうとした人物だが、彼もまたこの男と知り合いになる機会があった。「どこか大げさにへつらうようなやり方や、その愛想のよい話しぶり――注意深く爪を隠している大きな牡猫みたいだが――そうしたことで、この男の明白で根本的な理念、その精密なまでの聡明さ、揺るぎない意志、ロシア帝国の利益への深い忠誠心などが、ほんの一瞬でも、私の目に見えなくなることは、まずなかった」

この揺るぎない意志の男の人生の歩みは、ある意味では、典型的な運命を示している。左から右へ、右から左へと、イデオロギーの面で動くのは今日、ヨーロッパのインテリにとって日常茶飯事で、人類の発展の弁証法に定数がないことの証拠である。ラチコフスキーは若いころ、秘密の学生サークルに参加していた。そこでは学生たちが声をひそめて発禁本や宣言を読み、秘密の話し合いを行ない、はっきりしない未来の光に照らされて秘密の恋をしていたが、「革命のロマンスが唯一のプログラム」だった。帽子を斜めにかぶって額を隠し、秘密の通路から暗い地下室に入ると、そこは印刷インクの臭いがして、牛の血《サン・ド・ブッフ》の色にパンフレットが組まれ、空想たくましい偽名の偽身分証明書が刷られている。それは落とし穴や危険や魅惑でいっぱいの人生で、決められた合言葉ひとつで、見知らぬ髭面の男や高価な毛皮から淑女らしからぬ拳銃を取り出す白い腕の娘を泊めてやったりする人生だ。そんな髭面の男が、血走った目をして、ひと晩中、暗闇で寝もやらず煙草をふかしていたのが、一八七九年の冬のこと、「教区の教会に爆弾を仕掛けるのが目的に適《かな》ったことかどうか疑念を抱いて」、暗殺計画を密告したのだった。ラチコフスキーは——この弱気な男に、ドレンテル将軍の暗殺者のひとりも二日前、同じ寝台で寝たと打ち明けていた——帝国警察第三課の手に落ちてしまう。ここで今、ドストエフスキーばりの光景が繰り広げられる。被告の人間を見抜いた検事はずばりとこう切り出して提案した。ラチコフスキー氏は警察との協力を受け入れるか（「とどのつまり、小鳩さん、警察が革命家よりもロシアの問題について忠誠心が欠けるということはないのだよ」）、それとも……。ラチコフスキーはさほど躊躇しなかった。シベリア流刑か（「シベリアは、腕白《わんぱく》さん、ドストエフスキーの中でもロマンチックなところだ、賛成していただけると思うがね。言わしていただければ、シベリアは、ある意味じゃ柔らかくなっている、いわばこぢんまりした感じになっているんだ、温かな羽根布団にくるまってシベリアについて読むかぎり」）、それとも将来性のあるパリへの旅か（「場所を変えて目の保養だよ、おまえさん」)、彼は後者を選んだ。彼の同時代人のひとりが気づいたように、ラチコフスキーの弁舌爽やかなところとその「愛想のよい話ぶり」は、一八七九年二月のその日に生まれたのだ、検事の申し出を受け入れたそのときに。「それが彼の最初の偽造だった、その検事の模倣、その驚くべき物真似が」

途中の駅は今や、車窓から眺めるように動いていく。逮捕から四年と経たないうちに(そして偽りの獄中生活の後で)、ラチコフスキーはペテルブルグの国家公安委員長補佐となり、翌年にはパリに本部をもつ全秘密機関の長官に任命されている。彼が編み出した情報網はヨーロッパの地図の上に一見、まったく雑然と広がっているが、よく見るとそこに完璧な構造が見えてくる。パリ—ジュネーブ—ロンドン—ベルリン。その一辺(彼の部屋の地図に描き込まれている)は、ウラル山塊を越えてモスクワとペテルブルグに達し、「事の心臓に至る大動脈のようだ」——郷愁に駆られた同時代人はそう記している。

追従、賄賂、偵察、聡明さ、そして「シャンペンが水のように空けられ、人々が鵲《かささぎ》のようにしゃべる」晩餐会のおかげで、ラチコフスキーは一八九〇年末、パリ郊外の機械工の作業場で爆弾を製造していた秘密革命組織を摘発する。爆弾はロシアの暗殺者のためのものだった。こうして帝国警察第三課は、ラチコフスキーが引き渡した六十三人のテロリストをシベリア送りにすることができた。二十年以上の歳月が流れ（シベリア流刑囚のほとんどがすでに死んでいた）、ブルツェフは、この事件を調査するうち、不正を暴き出した。爆弾を作っていたのはラチコフスキーの助手たちで、パリ郊外の作業場は彼のフランス人協力者の名前で登録されていたのだ。

それは無政府主義者と「虚無主義者」の黄金時代で、手製爆弾の流行はヨーロッパにもロシアにも同じように及んでいたと、ノーマン・コーンは述べている。今日ではもう確実にわかっていることだが、大半の暗殺は（議事堂に釘爆弾が投げ込まれたときも、それより危険だったリエージュの爆発事件も）、その陰に、隠れた神として、我らの「素敵な陽気者」ラチコフスキーの姿があったのだ。ヨーロッパに猜疑心を持ち込み、ロシアに近づけること、彼はその考えに取り憑かれていた。「警察長官の役割に満足せず、この背信のロシア人は高度な政治に賭けた……。ラチコフスキーの途方もない野心に並ぶものといったら、ただひとつ、彼の良心の欠如だけだったからである」

16

ラチコフスキーはまちがいなく聡明な男だったから、爆弾を投げても、その効果はまったく相対的なものだと、じきに判断した。無意味な犯罪を前にすると、あるいは動機がまったくはっきりしない犯罪を前にすると、世間はかたく目を閉じてしまう、稲妻の強烈な光を目にしたときのように。恐くなって、一刻も早く忘れたいと思うのだ。経験の教えるところでは、陰謀は爆弾より大きな破壊力のある爆発を引き起こす。人はあらゆる陰謀を信じるようにできていて、中でもこれまで道徳的な汚点がひとつもないと思われてきた人に巧みに狙いが定められるとそうである。腐敗した人間は、自分とは違う人間がいるとは思わず、ただうまく隠している者だけがいるものと信じている。「中傷が嘘だということを証明するまでに、おまえさん、セーヌ川をたくさんの水が流れていくのだ」ラチコフスキーの伝記作家たちによれば、この生来の陰謀家にとっては匿名の手紙を書くことが、高校時代から大好きな楽しみだった。教師たちに宛て、仲間たちに宛て、父母に宛て、自分自身に宛てて書いた。新しい役職についた今、若き日の遊びの危険な効果を思い出したのである。金も印刷も自由にできたから、自分の幻滅の背景を明らかにする元革命家の告白という形をとって、パンフレットを発表しはじめた。こうしたパンフレットに対しては、また彼自身が、別の名前で反論する……。こうして彼は地獄のような混乱を引き起こしていく。「P・イバノフ」の署名入りのパンフレットを出したとき、ラチコフスキーは協力者になるはずだった男に、中傷のメカニズムとその効果について自分自身の知識を披露した。「前を温めているうちに、小鳩さん、尻は冷えていく。キャンプ・ファイヤーを囲むときみたいにね。片方の側面、とでも言おうか、これはいつもむき出しになっている。ここで人が身を守る方法は二つだけだが、どちらも効果がない。(三つ目の方法は、まだ考え出した者がいないのだ。)嘘が広がっていくのを——それも、忘れてはいけないが、出版物という方法で——だれもまじめに取らないだろうと思って黙殺するか、それとも、憤慨して中傷に反論するか。前者の場合は、黙っているのは、弁解のしようがないからだろうと言われる。後者の場合は、弁解するのは、気が咎めるからだろう。悪いと思わなければ、だれがくどくど言い訳をするだろうか。中傷は広まっていく、腕白さん、まるでスペイン風邪のようにね」(スペイン風邪がその当時、流行っていた。)

17

ジョリーの『地獄における対話』の贋作は「ラチコフスキー工房」で製作され、驚くべき速さでニルスの手に入った。「似通った二つの魂、二人の狂信者の出会いは、避けられなかった」と、ある同時代人は記している。「二人の違いはただひとつ、ニルスは神秘的な狂気に取り憑かれ『聖人伝』を信じていたように、『謀略』が本物であると信じていた」手稿が彼の許に届いたのは、J・M・グリンカ夫人の仲介だが、彼女はパリで降霊会を催してはロシア人亡命テロリストたちをスパイしていた人物である。夫人は、ある新聞記者に告白して、自分に帰属すべき名誉の一部を要求した。けれども、その際、あの世と交流をもっており、亡くなった皇帝の一族と通信していると言い張ったので、記者は彼女の証言をかなり懐疑的に受け取った。だが、いずれにしろ、このグリンカ夫人こそ自分の一冊をクルシェバン（最初にこれを自分の新聞に掲載することになった者）に届けた人であるのは事実である。そこから、ご覧の通り、ニルスの手に渡ったのである。

この「中傷の傑作」が広めた噂は、たちまち世界中に伝わっていったが、そんなに速く広まるものといえば、悪い噂とスペイン風邪のほかにはない。その書物は欧州大陸を越えてブリテン島に渡り、そこからアメリカに達し、次いで、反対の道をたどり、日《ひ》出《いず》る国にさえ届いた。謎めいた由来のおかげで、また神抜きで歴史の流れを考えるという人々の欲求から、『謀略』は、歴史のすべての敗北の陰には「謎めいた、陰険で危険な勢力」が存在する、ということを教える参考書となった。その勢力は世界の運命を握り、権力の秘密の源をもち、戦争や一揆、革命や専制を引き起こす。その勢力は「すべての悪の源泉である」。フランス革命、パナマ運河、国際連盟、ベルサイユ条約、ワイマール共和国、パリの地下鉄——すべてはその勢力のなす業である（それはそうと《アプロポ》、あの地下鉄は都市の城壁の下を走る地下回廊にほかならず、それによってヨーロッパの首都は爆破される)。この「オカルト的で無責任な組織」は闇基金から信仰と法律の破壊者に資金を出し、その名簿には、ヴォルテール、ルソー、トルストイ、ウィルソン、ルーベ、クレマンソー、エドワード・サム、ラフ・ダビドビッチ・ブロンシュタインらが名前を連ねている。陰謀の犠牲者としては、アレクサンダル二世、セリベルストロフ将軍、フェルディナンド大公。会員で組織の意志の遂行者にはマキャベリ、マルクス、ケレンスキー、B・D・ノウスキー、そしてモリス・ジョリーその人(これは偽名、アナグラムで、その出生はモリスという名前の中に簡単に解読できる)。

18

『謀略』の最も完全で著名な版と言えるのは、疑いもなく、二〇年代にパリで発表された四巻本である。モンシニョール・ユニウスは、この書物を書くのに七年の歳月を費やし、無事に完成したのは八十二歳のときであった。それは博識で、狂信的で、数か国語に通じた人の著作だった。晩年になってから、「きわめて難しく、直接の利益もさほどない」スラブ諸語の研究を始めることを厭《いと》わなかったと、彼の伝記作家は記している。著作には、この件についてのこれまでの知識が結集され、フランス語訳とロシア語、ドイツ語、ポーランド語の訳とが比較され、さらにそれらすべての訳の相互比較がなされ、わずかな言語上の相違が記され、多くの思い違い《ラプスス・メンティス》や書きまちが《ラプスス・カ》い《ラミ》、また以前の版におけるはっきりした印刷ミスで、時に原文の意味をかなり変えてしまうような誤りが指摘されている。これに、対応する聖書の話が加えられていて、このスキャンダラスな書物のスキャンダラスな作者をはっきりと批判している（「彼らの手は憐れみの手によって導かれてはいなかった」）。

彼の努力は無駄ではなかったと言える。これ以来、『謀略』の出版社は、フランスだけではなく、安直な名声に満足せず、手軽な金儲けだけを考えてはいないまじめな出版社はどこも、学問上の情報についてはモンセニュール・ユニウスの四巻本を参照している（A・トミッチもやはりモンセニュール・ユニウスの資料を使った可能性が大きい。トミッチ版は、『正しい根拠』の題で一九二九年、スプリット市に現われる。同様に、愛国者《パトリオティクス》という署名のある本名不詳の注釈者も四巻本を利用しているが、その翻訳は五年遅れてベオグラードに現われ、『だれが人類を崩壊させるのか』というはっきりとした題がついていた）。

ドイツにおいては、同書の信憑性を疑わざること、「石のごとく揺るぎなく堅固」であった。同書に基づいて何世代かにわたる意識と愛国心が形成される。社会民主党系の各紙は、このいかがわしい作品に述べられた告発の無意味さを激しい口調で証明し、一方、危険な噂を広めるのに参加しない新聞や雑誌は、二つの可能な態度（「どちらも効果はない」）のうち後者を選ぶ。すなわち、すべてを黙殺するのだ――とくに「タイムズ」の発見の後では――これ以上の議論は根拠がないとみなして。まったくラチコフスキーの心理学的判断の通り、またこの二つの矛盾する態度の結果として、当時無名だった（今でも無名だが）素人画家が、同書の虚構性を執拗に証明しようとしていることこそ「まさにこの本の信憑性の証拠」であると書くことになる（『我が闘争《マイン・カンプ》』）。重要な年である一九三三年、この素人画家がもうすっかり有名になったときには、『謀略』はドイツで三十版以上も版を重ね、デル・ハンメル社は十万部発売を祝ってカクテル・パーティーを開いている。

ニルス版によるアメリカの翻訳は一九二五年ごろ、五十万部に達するが、それは何よりもある発行部数の多い大新聞が支持したためである。新聞の所有者はヘンリー・フォードで、生涯を通じて二つのこと――自動車と秘密結社――に夢中だった。ラテン・アメリカでは、この本は長年にわたり政党間の激しい抗争に有効に応用され、狂信者たちの参考書になったが、ドイツ系住民のあいだではとくにそうだった。ポルトガル語の第三版（サン・パウロ、一九三七年、表紙には磔刑像《たっけいぞう》と頭の三つある蛇が描かれている）は、規範的なものと考えてよい。この編者もモンセニュール・ユニウスの立論を利用しているが、同年のプレツィオーゾ訳のイタリア語版も同じ立論に依拠する。ラスロ・エルネなる者のもったいぶった解説のついたハンガリー語版（一九四四年）に刺激されて書かれた新聞の評論は、直接の反響があった。つまり、猟銃の弾が僕の家の窓に打ち込まれたのである（そういうわけで、『謀略』の一件は僕自身の安全に関わることだと言えるだろう）。

19

この本はかつての素人画家、あの名高い『我が闘争《マイン・カンプ》』の著者に強い影響を及ぼしたばかりではなく、グルジアのある無名の神学生――後から有名になる――の精神にも大きな影響を与えたのではないかと思われるふしがある。揺らぐ蠟燭の光のもとで、シベリア流刑の長い雪の夜、外で吹雪が吹き荒れているあいだに、『謀略』の言葉は『福音書』よりも強く彼に働きかけたにちがいない。

こうして、ルネッサンスの王子の教育のために書かれた一冊の参考書は――ジョリーの哲学的な輪廻を経てニルスの歪んだ鏡で屈折し――現代の独裁者たちの手引きとなるのだ。ニルスからの数例とその文章の歴史的な反射は、この文献の宿命的な影響を物語っている。

「注意すべきことは、悪しき本能を備える人のほうが良き本能を備える人よりも多いということだ。よって、彼らを統治するには、暴力や恐怖政治によるほうが、学術的な議論によるよりも、好い結果が得られる。人はだれも権力を望み、できることなら独裁者になりたいと思っているが、その際、自身の利益のために全員の利益を犠牲にする用意のない者は稀である」（『謀略』、二二六頁）

あるいは、

「我々の権利は力にある。権利という言葉は多くの責任を伴い、何によっても証明されることのない思想である。どこから権利は始まるのか。どこで終わるのか。統治機構が弱く、支配者も法律も弱体化し自由主義による権利の増大で非人格化されている国家において、私は新しい権利を獲得する――強者の権利に基づき、既存の秩序や施設を攻撃しこなごなに壊してしまうこと」[*]（二二八頁）

行動が言葉に先行するのか、あるいは行動は言葉の影にすぎないのかという厄介な問題を解こうとするとき、『謀略』からのいくつかの引用を見れば、我々は理想主義的な形を信じるようになる。この手引きから未来の暴君たちが得た教訓は、生きた不変の慣習となるのだ。

＊ この文章の要点は、『謀略』が『ある虐殺のための小品』というパンフレットの著者デストゥシュ博士に与えた影響を物語っている。

「我々の義務は、ヨーロッパ中で、またヨーロッパを介して他の大陸でも、暴動、紛争、対立を引き起こすことである。これは二重に役立つ。まず、すべての民主国家に対し、我々は思うがままに混乱を引き起こし、彼らの社会体制を変革できるのだということを示して、一目置かせる……。他方で、我々の政策、経済協定、国家的義務によってあらゆる国の政府に張り巡らせた糸を、陰謀によってもつれさせてしまう」（一三五頁）

思想史始まって以来、支配者のための哲学者の思想が、これ以上、忠実な反響を呼び、実現されたことは一度もない。

「政治とは、道徳とまったく別のものである。道徳的に統治する政治家は政治的ではなく、よってそういう政治家には国の頭という地位はふさわしくない……。今、我々がやむをえず行なう悪からは、揺らぐことなき統治という善が生み出される。それは今、自由主義によって壊された民衆存在のメカニズムの正しい在り方である……。成果は手段を正当化する。よって、我々の計画では、善きものや道徳的なものにではなく、必要にして有用なものに注意を払おう」（一一八頁）

「我々に対してこれ以上、二度と陰謀が企てられることがないように注意しようではないか。よって、我々の政権に対して、武器を手に刃向かう者は、容赦なく罰しよう。秘密結社を作ろうという試みには、すべて死刑が適用される。我々に仕えた組織、今もなお仕える組織は解散させ、その会員はヨーロッパから遠い大陸へ送る……。政治犯から名誉の後光を取り去るために、罪人を泥棒や人殺しやあらゆる忌まわしい凶悪犯といっしょに被告席につけよう。そうすれば世論は、この種の犯罪を他のあらゆる犯罪といっしょにし、同じ軽蔑の念をもって対するようになろう」(二六八頁)

20

一九四二年――クルシェバンの記事がペテルブルグの新聞に出てから三十六年後のこと――、ある犯罪の目撃者は日記にこう記している。「いったいいかなる判決に基づいてこのような殺人が行なわれるのか、私には理解できない。まったくあからさまに、舞台の上の出来事のように、人が人を殺している」

舞台は、しかし、本物であり、死骸もまた本物だ。

「玄武岩の柱のように」――不幸なクルト・ゲルシュタインは書いている――「人々はまだ直立不動のままである、倒れる場所も身を屈める場所もないのだ。死んでからも、手をつないだままなので、家族だとわかる。引き離すのには苦労する、新しい荷物に備えて場所を空けるために。それから青くなった身体を捨てる、汗と尿に湿り、足は糞や月経の血で汚れている。二十人ほどの作業員が口を調べていく、鉄の梃でこじ開けながら。他の者たちは肛門と性器を調べ、金銭、ダイヤモンド、黄金を探していく。歯科医はペンチでインレー、ブリッジ、歯冠を抜いている。その輪の真ん中には、ビルト大尉が立っている……」

その輪の真ん中には、ビルト大尉が立っている。軍服のシャツの胸ポケットに、左側に、革装の『謀略』の一冊を入れている、一九三三年のデル・ハンメル社版である。この本がロシア戦線で若い下士官を救ったと、どこかで読んだことがあるのだ。狙撃兵の銃弾がページのあいだに止まった、心臓のすぐ上だった、と。この本は彼に、安心感を与えるのである。

赤いレーニン切手

雅歌、八章第六節

拝啓、ミシュレ通りで講演なさったとき、先生は、こんな疑問を出されました。「メンデル・オシポビッチの書簡はどうなったのか」そしてチェーホフ・ハウス社から出版された全集は未完成とみなしてよい、いつの日か、彼の往復書簡が発見される可能性があり、そうなれば書簡はこれら二十通ほどでは収まらないだろうと。悲劇的な死を遂げたヨシップ・ベズイメンスキーの努力に敬意を表しながらも（「多くの方々の足跡をたどるには、三十年に及ぶ研究が必要でありました、まだあの世へ去らない人も、名前を変え、町や国、そして大陸を変えていたのですから」）、書簡が見つかって「取り返し難きものを取り返す」希望はまだある、そう話を結ばれました。

こうしてお手紙を差し上げようと思い立ちましたのも、まさしく、先生が信じられないくらい、信じられないくらい大胆にも、往復書簡の大部分はまだ存在する、それはある人の許に所蔵されている、そして（記憶をたよりに引用させていただきますが）「その人物は、感傷的な理由からか、または他の配慮からか、その貴重な資料から離れられずにいる」と、確信していらっしゃるからなのです。あのとき、講演の途中で、質問しようなどとは考えてもみませんでした。先生はどうして急に——二年前にはまだそんな疑いは抱いてもいらっしゃらなかったし、前書きにもお書きになっていらっしゃいませんでしたのに――どうして「問題の人物はおそらく、私たちの運がよければ、まだ生きており、ベルリンかパリかニューヨークにいるだろう」などと、そんなに確信をもってお話しになるのか、と。こうした楽天的な結論に達せられたのはきっと、何よりも亡くなられたベズイメンスキー氏の研究と、先生も閲覧なさった氏の遺稿によるものだと思います。

先生がお探しの人は、そう、「秘密の鍵を握る人物」と表現なさいましたが、その講演のとき、先生から数メートル先に、坐っていたのです。もちろん、先生は覚えていらっしゃらないし、まちがいなくお気づきにもなりませんでした。たまたまお目にとまったとしても、先生は、公開講座によく来る女たちのひとりだとお思いになったにちがいありません。もう少し何か学びたい――この世の義務を最後まで果たしてあの世に行きたい、旅の終わりに暗闇の中で人生を過ごしたのではないと言えるようにしたい――そう言って来るのだけれど、それは口実で、実は、死への思いでいっぱいの孤独を、一瞬、忘れるために、それとも、だれか生きた人の顔が見たくて来るのだ、と。

私も孤独のうちに生きていますけど、自分の思い出――大きな墓場のように死んだ人ばかりが住んでいる思い出――で他の人々を悩ませたりはしませんし、講演会を聞きに行ったりもしない、見知らぬ方々へお手紙差し上げ、返事を待つことで時を満たそうとすることもございません。けれども、私が生涯に数多くの手紙をしたためたことは、神様が証人になってくださいますし、これからは先生も証人です。そしてその手紙のほとんどは、たったひとりの人に宛てられたものでした――メンデル・オシポビッチに。

先生は、オシポビッチの作品をよく識っていらっしゃいますから（伝記の不正確なところを指摘するつもりなどございません）、余計な説明をする必要などないと存じます。すべて容易におわかりになることでしょう。

「星のカニバリズム」（第一巻、二四頁）という謎めいた題名の詩の「二つの星、二つの生命の出会い」は、ニナ・ロト＝スワンソン女史の言うような、「予知の活動と未知の活動のあいだの緊密な協力の産物」などではなく、私ども二人の視線が合ったその瞬間に、メンデル・オシポビッチの魂を揺さぶった電気ショックの詩的転換なのです。あれは、パリの「ルスキエ・ザピスキエ」誌編集室（そこに、あの人が立ち寄ったのです、「偶然に宿命的に」）で、一九二二年十一月の憂鬱なある日のことでした。M・Oはまた、女史が主張するように、亡命時代の詩の中で自分の「フラストレーション」を歌い上げたのではありません、彼は常に、おそらくちょっとした皮肉をこめて自分でも言っているように、「人生の祝祭詩人」だったのです。

私は、二十三歳でした……。でも、ここでは、私なんかどうでもいいのです、本当にどうでもいいのです。ですから、メンデル・オシポビッチに話を戻しましょう。同じ連作の中の「黙示録」という詩では、「共食い星」は、「出生と追放に関わる潜在意識的恐怖」ではなく、「悪夢の詩的転換」でもなく、ましてや「トーテム」などではなく、単に二つのイメージが溶け合ったものなのです。メンデル・オシポビッチはその日、大衆向けのある科学誌で、いわゆる共食い星、星のカニバリズムというのがあって、それは銀河の果ての遠い星雲の中で、二重の、きわめて接近した星（「額で、顎で、触れ合う星たち」の句はここから来たのです）が互いに飲み込む天文学的な現象を指すということを読んだのです。それが最初の発想でした。そして次は、私たちの出会いでした。その二つの出来事がひとつのイメージに流れ込んだのです。詩人たちは預言者のように語るものですから、共食い星の詩は予言となりました。そうです、二人の人生は、共食いのように混じり合ったのです。

メンデル・オシポビッチのことは、もちろん、会う前から存じておりました。当時、ロシアでイディッシュ語を話した者はみんな、彼らだけではありませんでしたが、メンデル・オシポビッチを知っていましたから。精力的で個性的な人はだれもそうですけど、彼もさまざまな噂を立てられていました。詩人アンスキーを俗物にしただけだ、私生児がいる、さる有名なドイツの女優と文通している、十八歳のときから総入れ歯だ（ロシアの有名な詩人で嫉妬深い夫に歯を折られて以来）、詩を書くときはまずロシア語で書き、父親の助けで翻訳している、パレスチナに永住するつもりらしい、等々。ある日、コンスタンティン・ロトフの描いた彼の肖像画を新聞で見つけました。その絵を切り抜いて日記に貼って、思いました。ああ、神様、私の生涯の男性はこんなふうでなくてはならない、と（私たちの青春の感傷です）。

　そして今――ああ、神様――「ルスキエ・ザピスキエ」誌の編集室で、私の目の前にメンデル・オシポビッチが立って、瞬きもせずに私を見ている。机の下に手を隠しました、震えているのを見られたりしないように。

　次の日、モンパルナスのロシア料理店へ夕食に誘われました。聞いた話では、彼は、バイロンみたいに、公の場所でものを食べる女たちを軽蔑の眼差しで見ているというので、私はとても空腹だったのに、苦いお茶をいただいただけでした。後になって、当然、そのバイロン風の逸話の結果について彼に話しました。そのとき、ベズイメンスキーが「解剖学の詩」と名付けたあの詩が生まれたのです、「肉の祭の後、革手袋を裏返したように、内臓の理想化された真髄が現われる、心臓だけではない、肺のリラの花、腸のうねりも」それは、つまり、第一級《パレクセランス》の恋の歌であり、「母の子宮に結び付いた幻影」などではないのです。

　ひと言で言えば、私たちの恋は「避けられぬもの、逃れられぬもの」となったのです。私たちは悟ったのでした、障害はあっても、二人の人生をひとつに合わせるべきだ、と。私たちの道に何が立ちはだかっていたか、お話しするのはよしましょう。家族、閥、友人、親戚、作家協会。そして、もちろんのこと、あの不幸な病気の女の子、あの子はいつも最後の言い訳として持ち出されるのでした。

あの人の依頼で、私はロシアに戻り、「シュテルン」誌のモスクワ支局に就職しました。こうして、私たちは毎日、会うことができたのです。あの人のかたわらで生きていました、あの人の陰で、とまでは言いませんけど（「薔薇色のランプシェードの下の太陽」という詩は、私が文句を言ったのに対するメンデル・オシポビッチの皮肉なお返しにすぎません。それを「月経の血への強迫観念」だなんて。なんということでしょう）。

先生はご存知でしょうが、M・Oはすでに、結婚していて娘がありました。（あるいは、ニナ・ロト＝スワンソン女史に言わせれば、「M・Oは母なる女の姿の中に若き日の夢を叶えた」のでした。）とても辛いことですけど、その不幸な子供の運命のことを、もう一度、思い出していただかなくてはなりません。ニナ・ロト＝スワンソン女史は触れようとしません、この子が生まれつき病気だったという事実は、メンデル・オシポビッチの生涯に翳りを与えるとでもいうように。

私は、批評家の根拠のない評価を正すつもりはありません、とりわけニナ・ロト＝

スワンソン女史の分析については——私にはその権利がいちばんなく、いちばんあるのですけど。でも、ここでひとつお断わりをしておかなければなりません。女史はこの病気の女の子の存在をよく知っているのに、女同士が助け合う気持ちから、またきっと母性本能からも（これは批評家の判断にいつも役立つとはかぎりません）、kind（子供）という言葉が出てくる詩はすべて「超自我への制裁に関わり、罪の意識として体験できる恐怖」と解釈しています。不幸なメンデル・オシポビッチがこれを読んだら、墓の中でひっくり返って驚くでしょう。恐るべき陳腐さのせいだけではありません、しかし、まず第一にはそれが理由で。先生、M・Oは、この子のことは作品の中で仄《ほの》めかすことさえしませんでした。それは冒瀆だと考えていたのです。私こそ「罪深き処女生殖」です、二人のあいだはたった七歳しか違いませんでしたが、私こそ彼の詩の main kind（我が子）なのです。これで、ニナ・ロト＝スワンソン女史の「深層分析」は解明できたと思いますが、女史は小説「猟犬」、「塩の柱」、また詩集『流れ星』に基づいて、近親相姦としての愛、「タブーを破り、夢の中でのように、カタルシスを味わう試み」としての愛という無意味な説を出しているのです。申し訳ありませんけど、ニナ・ロト＝スワンソン女史が、女史の「トーテムとタブー」からメンデル・オシポビッチを放免してくだされば、そのほうがよほど賢明だと思うのですが。

改めてお話しするまでもございませんが、「錨《いかり》のように二重の鎖で」つなぎとめられていた関係をM・Oが断ち切ろうとしたのは、一度だけではありません。その彼の不幸せな娘は、しかし、子供か愚者だけがもつ直感力で、彼が運命的な言葉を、道々、試験を受けにいく生徒みたいに声に出して繰り返してきたその言葉を、今日こそ口にしようと決意したことを、もう扉の向こうから感じ取ることができたのです。ベッドに坐り、クッションにもたれて、彼のほうにぼんやりとした眼差しを向けて何か言おうとするのですが、それは最後には恐ろしい、動物的な唸り声になってしまう。そうすると、M・Oは後悔の念にさいなまれ、女の子の横に坐ってその手を取り、準備してきた演説の代わりに、正妻の膝に顔を埋めるのです。「これは神が才能とともに私に授けられた子供なのだ、自惚《うぬぼ》れが過ぎないようにと」そう声を引きつらせて繰り返すのです。

打ち負かされ、文学へ逃避しました——「約束の地」へ（思い出すだけでも、その詩のためにどれほど誤解され、裏切られたことか）。そんなときあの人は、私と別れようと決めるのでした。病気の子供や愚者のように、私はあの人の意図を感じ取ります、呼び鈴の音に、錠にかかる力に。「だれひとり傷つけてはいけない」と、言いました。「僕には人を愛する資格がないのだ」こうして私たちは幾度も「永遠に」別れたものです、私たちの関係を断ち切って、ちょうど絹糸が切れ「真珠の珠は転がる、磨かれた黄色の床板に」（モスクワのメルズリャコフ通りの建物の最上階にある私のアパートの）とあるように、けれど、それからすぐ、お互いに崩れるように抱き合うのでした――「避けられぬもの」のように（「煉獄」という詩はこの引き裂かれるような苦悶に対する答えなのです）。最後に――最後に、と申しましたが、それまでには苦悩と別離と断絶の歳月がいくつも過ぎ去らなければなりませんでした――私たちの人生は永遠に結ばれていて、この弱い人間の力では自分たちの愛にも、道に立ちはだかる障害にも、逆らうことなどとてもできないと悟ったのでした。「これは三百年に一度しか生まれないような愛だ」と、M・Oは言いました。「愛は生の果実、そして生は愛の唯一の審判。生と死」これが、つまり、「煉獄」という詩の意味なのです。ついでに言えば、ニナ・ロト＝スワンソン女史は解説の中でその詩の意味を台なしにしたのです。「小川、川の表象が、詩的言語の中で用いられ、とりわけ放出されたり、抑制されたりするのは、夢の潜在意識のメカニズムから発するが、夢の中では、連想方式によって、流れる川――『鳴り響く深淵』――は、たとえそれが目に見えずただ感じられるだけでも、言葉のざわめきと尿の流れる音を同時に暗示しているのである」（いったい何が言いたいのでしょう）。

メンデル・オシポビッチは、つまり、私の夫ではありませんでした。彼は私の人生に意味を与えるものだったのです、ちょうど私が彼の「悲しみを癒すもの」であったように（双子の詩「放蕩息子」および「ガイアとアフロディテ」参照、第三巻、三四八〜三五〇頁）。その愛には「死すべき人間の飽くことなき幸せ」など要らず、証しも必要ではありません、その愛は自ら生命を汲み取り、自らの中で燃え尽きていきました、ひとつの炎となって。

つまり、「情熱的な断絶の時」が過ぎ、私たちはお互いの虜となり、人質となったのです。私たちの「美しき病」の体温表は安定しました。私は「尊厳」をすべて失いました——私の受けた教育からはそれだけしか残っていなかったのに。もう、あの人からは何も期待しない、あの人が在ることだけ、しっかりとした岩のように在ることのほかには。私は速記を覚えました。ゲレン式の速記法に私が自分で工夫を加えたもので、私にしか読めないものでした。M・Oは当時すでに人気絶頂の作家で、つまり評価もされ批判もされていましたが、私もまだ美しくて若い女性でしたから、二人の秘密を知る人は、彼を羨んだほどです。あの人の心から罪の意識、永遠の良心の呵責が消えてなくなりました。私たちがいっしょに過ごした数年のあいだに、あの「激しさと優しさの時」に、M・Oは最上の作品を書きました（聖書を題材にした戯曲については、そこに危険なあてこすりが含まれていて、あの「狼の時代」に、文章の中にそんなものがあれば、たとえ引き出しにしまっておいても、死の危険に身をさらすことを意味していたことを忘れてはいけません。ニナ・ロト＝スワンソン女史の解説を見ますと——ごめんなさい、でもいつも部屋の真ん中に置かれた洋服ダンスみたいに彼女にぶつかってしまうのです——女史はモーセを「ラビだった父、暴君だった父に対する抑圧された憎悪」だと解釈していますが、ニナ・ロト＝スワンソン女史はロシアで、「老いた善きモーセの苛酷な空の下で」過ごした時期を夢に見ただけなのだろうかと、思わず考えてしまいます、つまり、まだ彼女が詩の「深層解釈」に関わってはおらず、目立たぬ翻訳家で講師だった時代を）。私はメンデル・オシポビッチの全作品をタイプか手書きで清書しましたから、彼の文学の労苦に産婆として立ち会ったというわけなのです。（例えば、詩「彼女は言った、アーメンと」参照、第二巻、九四頁）私は何年も、旅の準備を整えたトランクと生活していました、彼に呼び出されれば、いつでも旅立てるように。私は「野獣の熱病のうちに栄光の夜を」、南京虫だらけの田舎のホテルや貸し部屋で過ごしました。思い出します——思い出す資格があるとしたら——バクーのあるホテルで私たちの持ち物が初めて入り混じったときの興奮を。洋服が戸棚にかかっていた、ハンガーにかけられ、何か扇情的な親密さの中で（今回は、ニナ・ロト＝スワンソン女史が「交じりあった肌」という詩に加えた解釈にも、コメントを控えさせていただきます——これはもう礼儀とか常識とかの限界を超えています）。

先生はきっと、それがメンデル・オシポビッチの作品にどんな関係があるのかと、お考えでしょう。私は、同名の詩に出てくるポリムニアなのです（その詩の意味も私たちの生活の文脈の中でだけ鮮やかになるのです）。「僕の一行一行、僕の言葉ひとつひとつ、終止符ひとつひとつに、君が宿っている、花粉のように」と、M・Oは語っています。「僕の書いたものはどれも、翻訳したものさえも、君が印されているのだ」雅歌の翻訳を手掛けましたのは、一九二八年のことでした、つまり、私たちのあいだにもう不和などなかった時期でした（ザニコフスキーがその翻訳は「正確でない」と言っているのは意味のないことです。ある程度の意訳はメンデル・オシポビッチ自身の理論で正当化できます、だから、そこには彼の父「尊敬するヨセフ・ベン・ベルゲルソン」の入り込む余地はありません、ザニコフスキーは彼の父に責任を転嫁していますけど。M・Oは、この翻訳に自分自身の個人的感情を織り込んだのです。「そうでもなくちゃ、生きていくためだとはいえ、こんな充実感を感じながら翻訳できるものかね」と、私に言っておりました。カトゥルス、ペトラルカの「カンツォニエーレ」、シェークスピアのソネット、これは今は亡きイジルコフの助けで翻訳したものですが、同じ光に照らして読まれるべきです）。

私たちの人生が繰り広げられた、何か荒涼とした風景のような、歴史的な背景は、省略いたしましょう。振り返れば、吹雪、雨、泥がかわるがわる現われる光景に、「耐え難い酷寒の統一」に、すべてがまとめられます。けれども、信じていただきたいのですが、メンデル・オシポビッチはその禁欲的な散文から想像できるような厳しい顔をしていたわけではありません。私に宛てて書いた手紙は、フロベールのようにバロック調でした。手紙は彼の作品が物語ることを語り尽くしていました。また作品の語らぬことも。創造の喜びと創造の危機について。精神状態について。町について。痔について。景色について。自殺の理由と生きる理由について。散文と韻文の違いについて。彼の手紙には愛の溜息やエロスが仄《ほの》めかされ、文学理論、旅行記、詩的断章などが混じり合っていました。まだ覚えています、一輪の薔薇の描写、ある日の夜明けの描写を。南京虫の描写のバリエーション。死後の生命の可能性の考察。それから、一本の木の描写を覚えています。クリミヤで彼のホテルの窓の下でキリギリスが、まるで腕時計のゼンマイを巻くみたいに、鳴いているという比喩。ある名前、ある町の語源。ある悪夢の解釈。ほかに、ほかに覚えているのは、愛の言葉です。冬の日に何を着るべきか、どうやって髪をとかすかなどという助言。哀願、「熱い愛の睦言」、嫉妬の大騒ぎ——理由《いわれ》なきものだったことは言うまでもありませんが。

そして、ある日のこと、私は一通の手紙を受け取りました。あれは恐るべき一九四九年のことで、当時どんなことが起こっていたか、先生には申し上げるまでもございません。ご承知のように、その年のうちにイディッシュ語作家協会の会員はひとり残らず殺されてしまいました。ここでお話しするのは、その悲劇的な事件の直前に起こった出来事です。私は、そうです、一通の手紙を受け取ったのですが、それは私のために書かれた手紙ではなかったのです。お行儀よく好奇心を抑えて、手紙を読まずにいることなど、無理な注文でした、だって封筒には、メンデル・オシポビッチの筆跡で、私の名前が書かれていたのですからなおさらです。いいえ、それは愛の手紙ではありませんでした。そこにはいくつかの詩句の意味や内容が書かれていました——メンデル・オシポビッチの詩をロシア語に訳していた若い女性の協力者への助言です。しかしながら、この手紙には何か二重の意味が、「コリュバント的な情熱」と「癒しがたい雷鳥の誇り」（彼の詩句を借用しておきます）とが、こめられているのが感じられました。メンデル・オシポビッチの心は、私には秘密ではありません。私は信じております、今でもまだ信じております（それが単に慰めや言い訳ではないとしたらですけど）、普通の恋文《リーベスブリーフ》だったら、そんなに傷つきはしなかったし、動揺することもなかったでしょう。彼の「コリュバント的な情熱」を赦すことができたでしょう。私たちの唯一の、類なき愛のために、彼を、つまり肉の不実を赦したことでしょう——詩人たちには、神々と同様、すべてが許されているのですから。しかし、彼が手紙の中でその若い人と自分の詩について、自分の魂について、自分の霊感の謎に満ちた泉について語っているという事実。何か二義的な文脈の中で——まさにその詩がきっかけとなった文脈の中で——初夜権《ジュス・プリマエ・ノクティス》のように、ただ私だけに、そして彼だけに属している──と私が思っていた──ものを、彼が彼女と分かち合っていたということ、それが、そう、私を根底から揺さぶり、私という命を揺るがせ、それまでの私のすべての安らぎを試練にさらしたのです。突然に「黄色の床板」が私の足下で、あたかも地殻変動の圧力で開くように、口を開いたのです。悪夢を見ているように私は沈みはじめました。その目の眩むような落下を止めるためには、何かしなくてはならない、鏡を割らなければ、薔薇色のランプシェードを――それも彼の贈り物でした――、中国製のティーポットとか、それとも高価な温度計とか。そうでもしないかぎり、もっと恐ろしいことをしてしまう。そのとき、意識の中に閃いたのは――手紙でした。

もう何度も家宅捜索をうけていたので、メンデル・オシポビッチは二人の往復書簡を私のところへ移していました。「顔のない者たちが、君の手紙をのぞくかもしれないと思うだけでぞっとする」と、言いました。手紙は、私たちが知り合ったばかりのころに買ってくれたリボンで束ねていました。その黒いビロードのリボンは彼の詩のひとつにも現われ、「句またがり」が句から句へと渡ってゆくのです、金髪の髪に結われたリボンがこめかみからこめかみへと渡されているように。鋏でリボンを切りました――たぶん髪でも切ろうと思って、ちょうど手にしていた鋏で――そして私の落下はゆるやかになりました。最初の手紙を破った瞬間に、もう後戻りはできないとわかっていました、きっと私は後悔する、もう後悔しているのだという思いが、ナイフのように私を貫きましたが。私たちの物語は今はもう、ページの欠けた貴重本にそっくりでした——落丁本だといって書店に突き返される本に。怒りと後悔で目が見えなくなった私は、蠟印《ろういん》に似た切手の染みにかろうじて気がついたのでした。先生はメンデル・オシポビッチの作品をよくご存知ですから、きっと、この場面を、このフランドル派の肖像画を、彼ならば、どのように描き出すだろうかと思われることでしょう。若い女の顔と手にカーテンを透かして差し込むその光を。光のために、絵のために、火を焚《た》くだろうか、炎をかき立て、ストーブの扉を開けるだろうか。暖炉の火をつけるだろうか（私は暖炉をもっておらず、鉄のストーブの火は落ちていました、三月のことで、凍てつくような寒さでしたが）。いいえ、そうは思いません。彼には窓辺の女の顔を照らし出すには「透き通った黄昏《たそがれ》」で十分でした、そして赤いレーニン切手は「皇帝の血」の赤い消印を浮かび上がらせるには十分なアクセントとなったでしょう（「皇帝の血」といえば、先生のなされたご説明でまったく正しいのです）。ああ、地獄の光を表わす方法を、彼ならば見つけるでしょう。

　彼が宿命的な過ちにもう気づいたにちがいないと、わかっていました。私を見るなりはっきりしたのです、いったい私が何をしているのか。私のかたわらには引きちぎられた紙切れの山があったのです。私は床から立ち上がると、彼の本を手に押し付け、

「献辞は引きちぎっておいたわ」と、言いました。それから写真の入った封筒を手渡しました。「二人でいっしょに撮った写真は処分したわ」

その後、たった一度だけ、彼を見かけました――ある公開討論会の席で、彼は何か宣言を読み上げていました。すっかり打ちひしがれ、じきに訪れる最期を予感させました。その次は、先生もご存知の通りです。彼はある晩、「顔のない者たち」に連行され、残った書簡もいっしょに没収されました。こうして、メンデル・オシポビッチの作品集には第五巻が欠け、彼の書簡は出版社と友人に宛てた二十通ほどになってしまいました。恐るべき「革命の剣」が破棄できなかったものを、愛の狂気が破棄したのでした。

過ぎたことは過ぎたこと。過去は私たちのうちに生きていて、消し去ることなどできません。夢とはあの世の情景ですから、それは彼が存在する証拠でもあるのです、夢の中で二人で会うことにいたしましょう。ストーブの横に跪《ひざまず》いて、湿った薪をほうり込んでいる、それとも、しわがれ声で私を呼んでいる。そんなときは目を覚まし、明かりをつけます。後悔と痛みはゆっくりと思い出の物憂げな喜びに変わっていきます。私たちの長い、情熱的で恐ろしい小説は、私の人生を満たし、人生に意味を与えてくれました。運命は、そう、私の味方でした、私はなんの見返りも求めようとは思いません。メンデル・オシポビッチの著作の索引に私の名前はないのです、彼の伝記にも、また詩につけられた脚注にも。私こそ、先生、メンデル・オシポビッチの作品なのです、彼が私の作品であるのと同じように。これ以上に幸せな神意があるでしょうか。

けれども、私が「運命を受け入れた」、すべてを諦めたなどと、どうかお思いにならないでください。メンデル・オシポビッチの墓がどこにあるかわからないのですから、「彼のかたわらに横たわる」つもりはございません（あの不幸な女性Zはそう言いましたが）。あの大の唯物論者だったディドロがそんな空想に心を奪われていたくらいですから、私だって、物質からまったく離れて、あの世でふたたび会えることを望まぬわけがあるでしょうか。そして神様を頼り、あの人のかたわらでだれか他の女の霊に出くわしたりはしないだろうと信じております。

ポスト・スクリプトゥム

本書に収められた話はいずれも、多かれ少なかれ形而上的と呼ぶべきひとつのテーマを扱っている。ギルガメシュ伝説以来、死の問題は、文学につきまとうテーマのひとつである。長椅子という言葉が明るい色や陽気な調子を要求しないなら、この短編集には「東西の長椅子」という副題がつけられるだろう、明らかな皮肉と揶揄の文脈をもつ副題が。

「魔術師シモン」は、グノーシス派の伝説の主題による変奏である。ジャック・ラカリエールの引く『カトリック神学辞典』は、「Borborite」という言葉——この話に出てくる言葉——を定義して、忌むべき脱落者とした。「テリトゥリアヌスは彼らの恥知らずな行為やその他の冒瀆的悪行ゆえに彼らを責めている。アレクサンドリアのクレメンスは、『彼らは子山羊のごとく欲情の中で転げ回り、魂を泥まみれにした』と言っている。その恥知らずの習慣ゆえに、泥—— borboros ——という言葉がこれら邪宗の徒を意味するのに用いられている……。本当に泥の中で転げ回ったのか、それとも単なるメタファーにすぎないのか」ある博識の善意の人は、この短編に述べられているシモンの一派が、一九三八年に書かれたボリス・スバリンの本の一部にそっくりだと注意してくれた。これがその部分である。「スターリンとその臣下は常に嘘をつく、あらゆる瞬間、あらゆる機会に。常に嘘をついているので、自分が嘘をついていることもわからない。だれもが嘘をついているときには、もはやだれもが、嘘をつきながら、嘘をついていないことになる……。嘘は似非《えせ》ソビエト社会の自然の要素である……。国会、党大会、これはお芝居、芝居の道具立て。プロレタリア独裁、それはとてつもない欺瞞。大衆の自発性とは、注意深く組織されたもの。右翼、左翼、これも嘘だ。スタハーノフ、嘘だ。スタハーノフ運動、嘘だ。生活の喜び、それは悲しい茶番劇だ。新しい人間とは、古代のゴリラだ。文化、すなわち非文化だ。天才的な指導者、それは愚鈍な独裁者だ……」だが、引用した文章との類似性は、すべて偶然である。

短編「死後の栄誉」*のジャン・バルテンあるいはバルティンは、実在の人物である。ぼろぼろになった『Out of the Night（夜の外へ）』という題の本の中で、彼はこのエピソードを実際にあったこととして披露しているが、筋書きはかなりいわゆる焼き直しのテーマを想わせる。この短編のフランドル美術のモチーフはテルブロフ、ルーベンス、レンブラントの絵が醸《かも》し出す雰囲気とその解釈に霊感を受けたもので、一九七二年のハンブルク旅行の思い出も影響している。嫌らしいグラジオラスは、O・Vが二、三日前に持ってきてくれたのを、ありのまま、「写実的」に描いた、静物画を描くように。

「死者の百科事典」は最初、ベオグラードの雑誌「文学」一九八一年五・六月合併号に掲載され、一年後にアミエル・アルカライの訳で、一九八二年七月十二日号の「ニューヨーカー」に載った。この夢を見た人、僕がこの短編を捧げた人は、ある日、彼女のきわめて私的な悪夢が、まるで奇怪な記念碑のように、硬い石の形を与えられているのを知って、戦慄にも似た驚きを覚えた。その悪夢のような夢から六か月後、この短編がすでに発表されてから、ある雑誌が「記録保管所」という題で、次のような記事を掲載した。

「アメリカのユタ州の州都ソルトレークシティーの東にある、ロッキー山脈の花崗岩の山に、アメリカ合衆国でも最も風変わりな記録保管所がある。岩壁に開けられた四つのトンネルを通っていくと、迷路のような廊下で結ばれた地下の広間がいくつかあ

＊この短編の原題は「売春婦の葬儀」であった。我が国のある雑誌の編集者は、一九八〇年三月十二日付けの書簡で、「編集部としては題名を変更し、女主人公の名をとって『マリエッタ』とすべきであるとの結論に達しました」と、連絡してきた（これについてMは、売春婦には素晴らしい名前だけど、短編の題名としてはどうかと言った）。編集部は、実は、この素朴で抒情的な変奏曲を、なんと政治的なあてこすりだと解釈したのであった。「文学」誌の編集者が彼らの頭痛の種を取り除いてやり、この短編を自分の雑誌に掲載した。一九八〇年の第八号である。題名は純粋に文学的な理由から、僕自身が変更した――当初の題名があまりにも直截的だと思われたからである。

る。ここに保管されている何十万枚ものマイクロフィルムを見ることのできる者は、身元の確かな職員に限られており、記録保管所の入口は鋼鉄の扉その他の安全装置で守られている。

こうした安全装置は極秘データの保管のために作られたわけではなく、また国家や軍の記録保管所でもない。そこには一二五万枚のマイクロフィルムに丁寧に記録された生者と死者、一八〇億人の名前が保管されているが、それはこれまでに末日聖徒教会の系譜協会が収集したものだ。これがソルトレークシティー教会のモルモン教記録保管所の正式な名称だ。同教会は百五〇年前に、ジョゼフ・スミスという人が設立したもので、モルモン教の資料によれば、アメリカ合衆国で約三百万人、他国にさらに百万人の信者がいるという。

この途方もない記録保管所に登録された名前は、可能な限りの記録を注意深く書き写すことによって世界中から集められたものだが、この作業は今なお普通に続けられている。この巨大な事業の最終目標は、全人類を——生者に属する部分も、すでにあの世の人となった部分も——マイクロフィルムに記録することだ。

モルモン教徒にとっては、系譜学は宗教の本質的な要素をなす。どのモルモン教徒も、この素晴らしい記録保管所のおかげで、系譜をたどって過去に戻り、「モルモンの啓示」に巡り合う僥倖に恵まれなかった祖先の洗礼式を溯って行なうことができるのだ。

モルモン教徒は、またとなく真摯《しんし》な態度でこの作業に臨んでいる。記録保管所を設置するために最も安全な場所を探しはじめたのは一九五八年のことで、選ばれた山の掘鑿《くっさく》作業に着手したのは一九六一年である。マイクロフィルムの保管には、細心の配慮がなされている。地下の広間の温度は摂氏十四度の常温に保たれ、湿度は四〇パーセントから五〇パーセントである。空気は、換気システムを通って流れているが、注意深くフィルターにかけられ、わずかな埃も、いかなる化学汚染物質も広間に入ることのないようになっている。

六つの大きな広間は、鉄筋コンクリートの二重の層に覆われていて、現在、三千ページの本六百万冊分に匹敵する量の資料が、保管されている。

必要になれば、モルモン教徒は新しい広間を掘鑿する計画だ。毎月、十数キロメートルのマイクロフィルムが世界のあらゆる地域から届けられる。マイクロフィルムのほかにも、ここには系譜学について直接間接に述べた数万冊の文献、専門誌、歴史書などがある」(「虹」誌、一九八一年三月十九~二十三日号)

エフェソスの七人の眠れる者の伝説がコーランから出たことは疑いないが、六世紀初頭にシリアのサルージュによっても記録されている(『エフェソスの眠れる者たち』)。トゥールのグレゴール(五九四年没)は、サルージュと同じように、この目覚めは死者の甦りの証しであると見ている（『告白の栄光について』）。甦りのテーマの変種は、『タルムード』の「口伝律法」にある。ここでは眠れる者は七十年ほどして目を覚ます。この伝説はアラブの作家タウフィク・アル・ハキムによっても『洞窟』という題で戯曲化されている。僕の思い違いでなければ、話にデシウス王の娘プリスカを導入したのは彼が最初だと思う。同じく王女である同名の娘が、三百年後、最初の娘のある種の生まれ変わりとして登場する。ヤン・ポトツキの小説『サラゴサ手稿』の解説には、次の注がある。「七人の眠れる者、エフェソスの七人の貴公子は、伝説によれば、デシウス王の迫害（二五〇年）を逃れ、セリウスの丘の洞窟に身を隠した。二三〇年後、一説には三〇九年後、彼らは目を覚ますが、すぐに死に、彼らの遺骸は大きな石棺に納められてマルセイユに移され、ビクトル教会に安置されている。彼らの名は、コンスタンティヌス、ディオニシウス、ヨハネ、マクシミリアン、マルフス、マルティニアン、そしてセラピオンである」この短編の題辞はコーランの「洞窟」と題された第十八章による。「ところで（この人たちが何人だったかということだが）、／或る者は『三人だ。犬を入れれば四になる』／と言うだろう。／また知りもしないことを当て推量で、／『五人だ。犬を入れれば六になる』と言うもの、／『七人だ。犬を入れて八だ』と言うものもあろう」見ての通り、眠れる者の数だけがこの伝説の謎ではない。

この短編の題辞の詩句については、D・マソンは、M・ハミドゥラフを引いて、次のように説明している。「この九年は陰暦と陽暦のあいだのつり合いをとるために加えられた」

短編「未知を映す鏡」は、心霊術の達人たちは、したがってまたカステラン夫人も、この三面記事は実際にあったことだと見ている。似たような例を著名な天文学者カミーユ・フラマリオン（一八四二—一九二五）も挙げているが、彼は同じく著名な『生物の住む世界の複数性』と『未知と自然力』の著者である。彼はその著『未知と心理的問題』の中で、元市長で国会議員のベラール氏の事件について述べている。ベラール氏は遠足の途中、「森の深いところで」仕方なく侘しい旅籠に泊まることになった。突然、ある殺人事件を詳しく夢に見るが、事件は三年後に、ベラール氏がそのとき信仰深い人の夢を見て寝ていたその部屋で起きることになる。犠牲者はビクトル・アルノーという弁護士だった。まさにベラール氏が鮮明に記憶していた夢のおかげで、殺人犯は明らかにされる。この事件については、退役警部のガロン氏も回想録の第二巻で触れているが、その客観性と空想力の欠如には疑問の余地がない（I・カステラン、『心霊術』、パリ、一九五四年）。

「師匠と弟子の話」の初出は一九七六年、「文学の言葉」誌夏季号である。そこには、弟子が「師匠に対する容赦ない長期にわたる闘いを始めたが、その際、陰謀と中傷を駆使して、なんの才能もないわけではないことを示した」と述べられていて、それは先見の明があったが、心理的にはまったく予測可能なことだった。こうして、この短編は時とともに寓話的な意味を失い、重点が現実的な、さらにはドキュメンタリー的な側面に移ってしまった。

「祖国のために死ぬことは名誉」は、歴史読本に好んで採り入れられた話で、さまざまな変種のある近代市民社会の伝説——最近では、イジェレーという作家の黒手組の組織に関する本にもある——を自由に翻案したものだが、偏向や、混乱や、感傷の見られるオーストリアの資料によるものである。

「王と愚者の書」は、初めは随筆形式を考えていたので、その痕跡がはっきり残っている。私の意図はまず『シオン賢者の議定書』の真実で不思議な、「信じられないほど不思議な」成立の歴史と幾世代もの読者に及ぼした奇怪な影響、およびそれが引き起こした悲劇的な結果を簡潔に述べることだった。この主題は、悪についての譬え話として、何年も私をとらえていたものだった。(『砂時計』の何ページかがそれを物語っている。)つまり、歴史的に確認された、多少とも知られた例によって、書物は善にのみ奉仕するという定着した考えに、疑問を投げかけようとしたのだ。本は神聖ではあるが、思考の支配者の正典《カノン》となった作品もまた、蛇の毒のように、神聖視されている。本は道徳と無法の源泉であり、慈悲と犯罪の源泉である。「多くの本は危険ではない。危険なのは一冊だけだ」

『議定書』について構想された随筆は、暗い歴史の中で今日にいたるもなお影の中にあり、おそらくはけっして解明されないであろう部分を、僕が補足して考察しようとしたそのときから、ひとりでに瓦解したのだった。つまり、「空白を埋めようとするインテリゲンチアのあの奇妙な欲求」（コルタサル）が作動しはじめ、闇の中に取り残された人たちを生き返らせようとした、そのときに。それはまず、謎のロシア人亡命者——物語の中ではベロゴルツェフと呼ばれている——、そしてもっと謎めいたX氏。彼の役割は、読者はもうおわかりと思うが、『議定書』の謎の解明にあたって第一級の重要性の意味をもつ。この随筆が、随筆というジャンルの意味を失ったのは、このテーマを研究していくうち、事実の面では、もうこれ以上先に進むことはできないと考え、事件を「起こり得た」ように想像しはじめたときである。そのとき、僕は安心して題名を『議定書』から『謀略』に変更したのだ。この物語はぎりぎりの事実から始まり——事実を完全には裏切ることなく——、まさに資料が乏しく、事実が知られていないところ、つまり事物の影や形が歪んで見える薄暗がりで、展開しはじめた。

語りを劇的にするために、とボルヘスなら言うだろうが、いくつかの細部を省いたり加えたりした。「作者が自分の作品を長編小説（ロマンス）と呼ぶときは」——

N・ホーソーンは言っている――「断わるまでもなく、作品の形式という点からも、素材という点からも、作者はある程度の自由を求めているのだ」この主張は、言うまでもなく、完全に短編にもあてはまる。

事情に明るい読者なら、『謀略』の中に例の『議定書』を苦もなく見出すに違いないし、「謀略家」や「サタン派」の名の背後に隠されている者を特定するのも簡単だろうと思う。『議定書』についての膨大な資料（それらは大方、若干の変更や増補を加え、異なった傾向を伴いながらも、同じ記録を伝えている）のうち、ここに特記すべきなのは、ノーマン・コーンとユ・デレウスキーの著作、それから、アンリ・ロランの『現代の黙示録』である。同書は、このテーマのあらゆる研究にとって基本資料であるだけでなく、この短編の教訓であり論理的な後記《ポスト・スクリプトゥム》でもある。同書は、『謀略』のもうひとつの犠牲者として、パリでドイツの占領当局によって焼かれてしまった。賢明な読者は、ベロゴルツェフの蔵書目録からこの項目に関するその他の書名も見出すだろう。

この短編の終わりに登場する「不幸なクルト・ゲルシュタイン」という人物は、読者の興味をひくのではないかと思う。それは「ドイツ抵抗運動の悲劇の英雄」で、大胆にもナチス親衛隊に参加し、その過激な行動を内部から妨害しようと決心した男だ。「彼は技術的な経験をかわれて、ナチス親衛隊衛生部『衛生班』に入り込むことができた。消毒班は、消毒の名のもとに、毒ガスを完成させる任務を担っていた。専門技師として、一九四二年の夏、ベルゼッツ強制収容所を訪れるが、この証言はそのときのことに関係している。その後、国際世論に警告しようと努め、スイスの外交官、オテロ男爵との接触に成功した……。ベルリン駐箚《ちゅうさつ》ローマ教皇大使に謁見することも試みたが、拒否された……」彼の最期は悲劇的で、同じくらいに不条理でもあった。「一九四五年五月、フランス軍部隊に捕えられ、シェルシュ・ミディ刑務所にほうり込まれたが、同年七月、そこで孤独と絶望の戦士は自ら命を絶った」(レオン・ポリアコフ『憎悪の手引書』、パリ、一九五一年、M・H・クラウスニックの研究『大量ガス死の記録』、ボン、一九五六年、による)。ゲルシュタインは証言をフランス語で記したが、それは秘密を守るためであり、またビルト大尉のせいで、自分の言語に嫌気がさしたからかもしれない。

「赤いレーニン切手」は、引用が多いが、空想である。しかし……しかし「作り話を考え出したり、なんらかの形で実際に起きたことのない事柄を記述することが、何の役にたつのか、私には理解できたためしがない」(ナボコフ)

「大の唯物論者だったディドロ」というのはもちろん、エリザベート・ド・フォントネー夫人のおかげで僕が見つけることができた彼の手紙のことだ。

「生あるあいだに愛し合っていた者で、互いに並んで葬ってほしいと遺言した者は、おそらく思うほどおかしな人たちではないのです。ひょっとすると二人の塵は染み込み、混じり合ってひとつになるのかもしれません……。私に何がわかるでしょうか。もしかすると彼らの塵は自分の本来の特性へのあらゆる感覚を、あらゆる思い出を失わずにいるのかもしれません。もしかすると塵の中で、温もりや生命の片鱗が独自の仕方でくすぶり続けているのかもしれません……。ああ、私のソフィア、二人がもはやこの世からいなくなっても、あなたに触れ、あなたを感じることができる、あなたとひとつになることができる、あなたと混じり合うことができるという、ちょっとした希望が私には残されているのです、私たちの発生において類似の法則があるかぎり、そして二人の生命を結び付けることが私たちの定めであるならば。そうなれば私は、これからずっと、あなたとだけいっしょにいることができるし、あなたの崩れ去った恋人の分子は動きだし、目を覚まし、自然の中に撒き散らされたあなたの分子を探し求めることができるでしょう。そんな夢を私に残しておいてください、それは私にとって慰めとなるのだから、あなたの中に、あなたとともに永遠にあることを約束してくれるかもしれないのだから……」

愛と死の迷路——さすらい、または望郷

山崎佳代子

切り倒されたマロニエ、母のシンガー・ミシン、仲良しの犬との別れ、そして還らなかった父。キシュが大戦下の少年時代を描いた『若き日の哀しみ』をすでに読んだあなたが、パンノニア平原の夕闇に冷えていく空気の匂いをまだ覚えているとしたら、『死者の百科事典』を手に取った今、すこしばかり戸惑いを感じるかもしれない。暗い時代にさえ瞳の輝きを失わない少年の声にかわって、本書では、翳《かげ》りのある眼差しで虚無の闇を見つめる大人の声が、愛と死をめぐる九つの話を語り、ひとつの迷路を築いている。

ダニロ・キシュは一九三五年二月二十二日、ユダヤ人を父に、モンテネグロ人（ユーゴスラビアの民族のひとつ）を母に、ハンガリーとユーゴスラビアの国境の町スボティツァに生まれた。ファシズムの黒い手を逃れて、家族は町から町へ移りすみ、父の親戚の住むハンガリーの村に身を寄せ、そこで終戦を迎える。父はアウシュビッツ

に消えた。母の故郷の町ツェティニェで新しい生活が始まり、十二歳のキシュは母国語であるセルビア語を新たに学校で覚え直すことになった。キシュが十六歳の年、病と苦悩のうちに母はこの世を去る。「母のようにこれほど多く、これほど長く苦しまねばならない者があるとしたら、それは神がいないという証しだ、僕はそう思った……」（『体験の苦い沈澱物』）。自らの死も近づいた一九八九年、インタビューに答えキシュは回想する。愛しい者の死が傷痕のように刻み込まれた少年時代は、彼の文学の胚芽となった。愛と死——それは文学の永遠のテーマであると同時に、彼のドキュメントなのである。

戦争という不条理に翻弄された家族の「史実」をいかに文学という「虚構」に昇華させるか。キシュはこの苦しい作業の中から、『庭、灰』（一九六五年）、『若き日の哀しみ』（一九六九年）、『砂時計』（一九七二年）を生んだ。幻想や夢をちりばめた抒情の世界、家族三部作である。その後も、「現実ほどロマネスクなものはない」と信じて「作り話」を拒み、スターリニズムの犠牲となったクロアチア系ユダヤ人シュタイネルの日記『シベリヤ七千日』などをもとに『ボリス・ダビドビッチの墓』（一九七六年）を著す。『死者の百科事典』は、その延長線上に書かれた短編集である。

収録された九つの話は、異なる時間と空間に展開し、どれひとつ同じ文体で書かれてはいない。聖書の時代をとりあげて異説を付した「魔術師シモン」は伝説の形、一九二三年のハンブルクの港町を背景とする「死後の栄誉」は愛しい女の死を悼む男の回想を「私」が書き記したもの、「死者の百科事典」は今世紀のユーゴスラビアを生きた男の生涯を娘が語る形式、最後はメビウスの輪のように捩れ、すべてが夢であったと締めくくられる。コーランを思わせる聖典の文体を用いた「眠れる者たちの伝説」、一八五八年、ハンガリーのユダヤ人家族を襲う悲劇を幻想小説の形を借りて語る「未知を映す鏡」、十九世紀末のプラハを舞台にユダヤ人の作家が登場する「師匠と弟子」では、文学論とでもいうべき文体が用いられた。「祖国のために死ぬことは名誉」で舞台は再びハンガリーに移り、歴史書のパロディーの形がとられる。「王と愚者の書」は、全体主義をテーマとし、ロシア、ユーゴスラビアまで含めた二十世紀のヨーロッパ全土に繰り広げられる壮大な政治小説であるが、推理小説のスタイルで書かれた。そして今世紀のロシアに咲いた悲恋物語「赤いレーニン切手」は、女性が文学研究家にあてた書簡の形式をとっている。巻末のポスト・スクリプトゥムは、時空を超えて延びていく九つの迷路をひとつに結ぶメタ・テキストである。作家があえて素顔を明かすことで、文学の虚構性にドキュメントの性格を与えるとともに、客観的な文体によって本文の随所にちりばめられた感傷を和らげる役割を果たす。

『死者の百科事典』は、「何を書くか」だけではなく「どう書くか」を絶えず模索し、語るべき素材にふさわしい形式を一作ごとに精緻な筆遣いで生みつづけてきたキシュが、死を目前に完成した文体の工房であり、ラブレーやボルヘス、ユーゴスラビアのアンドリッチ、クルレジャなど世界文学の先人や同時代の作家たちとの真摯な対話から生まれた二十世紀の詩学である。

九つの話は、いずれも凝縮されたロマンであり、精密なディテールが書き込まれた簡潔性を特徴としている。一九八四年のインタビューでこの作品の形式について語ったキシュは、小説の理想形態として「百科事典の項目」を挙げた。「いや、もっと精確に言えば、百科事典の項目の総体とでも言おうか……様々な方向に拡がり枝分かれしているが、同時に簡潔な項目の総体でもある」(『体験の苦い沈澱物』)。形式に対する綿密な計算は、フランスの作家レイモン・クノーの『文体練習』(一九四七年)によるところが多い。同じ事件を九十九の文体で書き換えたこの実験的な小説を、キシュは六四年、見事なセルビア語に翻訳している。後になって題材の陳腐さを指摘し、クノーを離れていくのだが。

『死者の百科事典』は、変奏曲を思わせる音楽的手法、遠近法や陰影法などを応用した絵画的手法、フラッシュバックやモンタージュといった映画的手法、視点や語り手を変化させる方法など、豊かな文学理論の知識を駆使し、現実の多層性に無限に近づこうとしている。ドキュメントの手法もそのひとつだ。例えば「未知を映す鏡」の終わりの新聞記事がそれで、理性の光が届かぬ夢幻の世界に現実性を与える効果をねらっている。
そしてもうひとつ特徴的なのは、列挙の手法である。彼の多くの作品に見られ、ときには数頁にもわたって名詞が並ぶ。これは古くからある手法で、聖書の書き手はもとよりホメロスからラブレーにいたるまで多くの作家たちが使ってきたが、キシュが列挙にこだわる裏側には、一九七三年のインタビューで明らかにした「混沌性こそ世界である」(『ホモ・ポエティクス』)という世界観がある。「蚤の市、あるいは廃棄物について本を書きたい」とキシュは言う。蚤の市、廃棄物処理場——そこにある無数の物体の間には、一見、何の関係も存在しないかのように感じられる。だがキシュの目は、そこに天地創造以前の混沌を見ている。「命は、様々なものと偶然に触れ合うところに生まれるのだ」

今世紀は、数々のイデオロギーが生まれる度に、様々なユートピアに人々は欺かれ、地球の裂け目に多くの命が消された。「収容所」こそ、現代社会を表現するのにふさわしいメタファーだとキシュは言う。「詩とは懐疑である。イデオロギーとは懐疑の欠落である」(『ホモ・ポエティクス』)。理性では推し量れぬ夢や幻想を秘め、矛盾に満ちた現実という混沌をありのまま映し出す不思議な鏡、それがキシュの文学だ。歴史とそこに生きる人々、これはユーゴスラビア文学から切り離すことのできない永遠のテーマである。「時代」に参加することを拒否し、あくまでも観察者に徹すること、それはキシュがユーゴスラビア文学、セルビア文学の伝統に織り込んだ新しい糸であった。

キシュがこの作品を著したのは、それまで作家活動を続けていたベオグラードを一九七九年に離れ、「ジョイス的亡命」、つまり自由意志で移り住んだ町、パリである。執筆期間は一九八〇年から八三年にわたり、八三年、ベオグラードのプロスベタ社とザグレブのグロブス社が共同出版したキシュ全集（十巻）に収められた。翌八四年、アンドリッチ賞を受賞している。本書は、パリで書かれた最初で最後の書物となった。八六年十一月、癌が見つかる。その翌年、「死者の百科事典」の最後の部分を引いてキシュはこう語った。「昨年十一月に肺癌に冒されていると知ってかなり動揺した。自分自身にこう言いきかせた――これは罰だと。この作品を書いていた時期はもちろん、僕の肉腫が大きくなっていく時期に一致していた」（『体験の苦い沈澱物』）。八九年十月十五日、パリにて客死。遺体はベオグラードに葬られた。すでに祖国ユーゴスラビアの空気は限りなく重く、国家解体の兆しに満ちていた。

キシュ文学の霊感の泉であり、別離のあとも素晴らしい友人であり続けた前夫人ミリアナ・ミオチノビッチは、遺稿を整理し、九四年、『リュートと傷痕』という短編集にまとめた。これらの短編の執筆は、いずれも本書とほぼ並行していて、その多くは『死者の百科事典』に収める意図で書かれたものである。冒頭の作品「アパトリド

（故郷をもたぬ男）」では、複数の言語をあやつり複数の民族への帰属意識をもつ作家が登場するが、在るべき国をもたぬ不安にたえず苛まれている。また最後のA、Bと題されたごく短い文章は、母の故郷の海に父が現われる作品と、父の故郷のハンガリーの田舎家が描かれ、その台所には母の気配が感じられる作品で、どちらにも家族三部作のほろ苦い抒情が漂っている。「彼の望郷は死期が近づいたという予感に結びついていると思われる」、彼女は後書きにそう記した。

　そうした「故郷喪失感」は、『死者の百科事典』にも、そこはかとなく漂っている。それは、彼のコスモポリタニズムの裏側に流れるさすらい人の悲愴感であるかもしれない。

「懐疑の美学」とも呼ぶべきキシュの作品群のうち、女声による二つの作品「死者の百科事典」と「赤いレーニン切手」は、生と死の境界線で「愛」の在りかを照らし出そうとする蠟燭の光のようだ。男声で書かれ、技巧を凝《こ》らした他の短編と異なり、この二つの作品は、時間の流れが主人公の女たちの意識の流れに合わせられ、話は自然に進行する。二人の女声は、どこかノスタルジックな響きをもっていて、『若き日の哀しみ』にいちばん近い音色を奏《かな》でている。『死者の百科事典』の他の作品がドキュメンタリー性を文学の方法として用いているのに対して、この二つの作品は作家自身の最も愛しい人々の記憶という個人の「史実」、彼自身の命のドキュメントから発している。女声は、放浪を続けたキシュを、家族三部作という故郷に帰したのだ。

本書の翻訳は多くの方々の愛に包まれて完成した。ミオチノビッチ夫人は、数時間にもわたる質問に、丁寧に答えてくださった。「死者の百科事典」に出てくる人名についてお尋ねすると、書棚からすぐに百科事典を取り出してくる。「マジュラニッチはおわかりでしょう、クロアチアの作家、一八八九年―一九五八年と出ているわ。マレティッチは有名な言語学者、メシュトロビッチは彫刻家、これは問題ないでしょう。マクシモビッチ・ドラゴスラブ、旋盤工、それはきっとセルビアの革命家よ。ほら、一八七六年―一九二五年、クラグエバッツ市の社会主義運動家とある。でも人名のデータは重要ではないんです。大切なのは同世代の人が集められていること、作家キシュの計算ね……」夫人の部屋には、ベオグラードのカフェの名前を象牙色で書き込んだアクアマリン色の大きなサイホンがある。寝室にはセピア色の写真がかけられていた。夫人の父がロシア人の仲間と測量を行なった村で民族衣装をまとった娘たちと一緒に写っている……。『若き日の哀しみ』を訳した後、なかなか本書の世界に入り込めずにいた私の耳の奥で、ミオチノビッチ夫人の声が響いた。この柔らかな声を日本語に移していけばいい。九六年の初夏、翻訳の作業はこうして始まった。

夫の山崎洋は、何度も原稿と本文を照らし合わせてくれた。そしてこの本を作ってくださった東京創元社の井垣真理さん、どうもありがとうございました。

昨夏、キシュの教え子でありパリ時代の伴侶であったパスカル・デルペシュが、オレンジ色の花束を携えベオグラードの私の家を訪ねてくれた。懐かしいおしゃべりのあと、別れ際に彼女は言った。「この国も、どんどん悪くなっていくわね。キシュが亡くなってからのベオグラードはもう私の町じゃない。あなたは、まだここに住むつもりなの」

私は、ここに住むほかない。

一九九九年一月十九日、ベオグラードにて

※ 「眠れる者たちの伝説」に引用されたコーランの訳は、井筒俊彦訳（岩波文庫）を用いた。
※ 収録作品中「死者の百科事典」は、『夢のかけら』（岩波書店、一九九七年）に収められたものの改訳である。

文庫化にさいして

山崎佳代子

『死者の百科事典』が最初に刊行されたのは、一九九九年二月二十二日、キシュの誕生日である。NATOによるユーゴスラビア（セルビアとモンテネグロ）の空爆が準備されていたときで、ベオグラードの町は緊張していた。それから一か月して空襲警報が鳴りわたり、三月から六月初旬まで続いた重たい日々の思い出が、この書物に重なりあう。

そんな日々も、仕事部屋のガラス瓶の一輪の薔薇が、私をまもってくれた。ガラス瓶は、キシュの最初の伴侶だったミリャナ・ミオチノビッチ夫人にいただいたもの。キシュと旅をして、蚤の市で求めたときく。どの国からやってきたのだろうか……。

あれから二十年が過ぎようとしている。この書物が日本語で読み継がれていることは、この上ない喜びである。今回も編集者の井垣真理さんに、大変にお世話になった。「死者の百科事典」のモデルはミオチノビッチ夫人の父親。彼女が父の死後に見た夢についてキシュに話したのが、作品が生まれるきっかけとなった。この作品集の中で、私が一番、好きなお話である。久しぶりに、この週末は、ミロシュ・ポツェラッツ通りのお宅にミオチノビッチ夫人を訪ねよう。薔薇の花をたずさえて……。

二〇一八年十一月一日、ベオグラードにて

多くの絶望と僅かな希望の間を生きる人間像

松山　巖

本短篇集は〈死者の百科事典〉という名の通り様々な時代の、様々な土地の死者を描いている。ならば、古めかしいか、といえば、決してそうではなく、むしろ現代と未来を映し出しているといえるのではないだろうか。

訳者山崎佳代子によれば、この作品は、作者のダニロ・キシュがそれまで暮らしてきた母国ベオグラードを離れ、パリに移住し、一九八〇年から八三年の間に綴った作品集であり、しかもその三年後の八六年十一月に肺癌《がん》が見つかり、彼は八九年十月十五日に亡くなっている。つまりキシュの最後の短篇集である。しかも表題作「死者の百科事典」は、世の中で名を知られずに生きた死者に限り、その者の生涯が事細かく記載されている百科事典から、娘が父親の項目を読み進み、父の様々な生涯を思い起こすという奇妙な筋だ。そして事典を読み進むと、末尾に父が亡くなる直前に描いたという花の絵が印刷されているのを娘は不思議に思う。事典ではその花の絵は、父が描いた基本的な花のモチーフだと説明があるのだが、彼女は父親の絵でそんな絵を見た記憶がなかった。そこで娘は事典の花の絵を描き写し、それを父の手術を担当した医師に見せると、医師は「いくらか驚いた様子で、私の父の体内の肉腫はちょうどこんな様子だったと、おっしゃいました。そして開花期間は疑いもなく数年間にわたっていた」と説明したという筋だ。

こんな因縁めいた話を書いたキシュ本人に癌が見つかれば、彼は直ぐに自分の死を実感しただろう。いや、それ以前にわざわざ母国を離れ、パリに移住し、本作品を書き始めようと思い付いたとき既に、本書が自分の最後の仕事だと考えたはずである。何故なら、この短篇集に収められた物語にはすべて死というテーマが絡み、しかも一話ずつ筋も文体も変えて綴られているからである。更に重要なことは、彼が明らかに当時の世界の政治状況に対し、異議を申し立てていることだ。

この『死者の百科事典』が書かれてから現在は三十五年も経つが、ダニロ・キシュが本篇で問題提起した事態が解決されるどころか、むしろ混迷を深めている。だからこそ、本篇は古びるよりもますます現代と未来とを強く映しだしていると思えるのだ。

では、何故そのように感じるのか。つまりそのためにキシュはどのような問題提起をし、どのような文章の仕掛けをしたのか、一篇ずつ検討しなければならないだろう。

まず冒頭の「魔術師シモン」はイエスの死と甦《よみがえ》りから十七年後、いわば聖書の時代に異端者として生き、異端者として死んだ魔術師を伝説仕立てで綴っている。シモンはキリストの使徒の頭であるペテロの前で、伝説では空の上まで登って行き、突然、落ちて死ぬ。いま一つの伝説では、シモンは地中に埋められ、三日後に掘り返される。彼は腐っているが、笑っているように見えた。どちらの死でも彼の付き人の女は、ペテロに向かって、シモンが明らかにしたのは「人の人生は転落と地獄、この世は暴君の手のうちにある」ことだと語る。つまりシモンはキリストの説く救いなどないと説き続けたのだという。実に強烈な話だが、キシュの父親がアウシュビッツで殺され、彼自身も母国も共産主義一党制のスローガンに翻弄されたからこそ、冒頭の短篇で「この世は暴君の手のうちにある」と読者に伝えたかったはずだ。

次の「死後の栄誉」は急死した娼婦の天真爛漫《てんしんらんまん》さを、愛した男の回想で語る話だが、この小説の背景には、一九一八年十一月に舞台となっているハンブルグで人民蜂起が起きた事件があると思われる。この人民蜂起はドイツ帝国崩壊の先触れとなり、当時ハンブルグには短期間だが、社会主義のレーテ共和国が樹立されたからだ。こう読解するのは、娼婦の葬儀を取り仕切る船員で革命を目指していたバンドゥラが、その娼婦に出会ったのが「一九一九年のある晩」で「次の日には港の居酒屋で組織に連絡を取らなければなら」ないときで、その日、彼女に会い、彼女が「肌の色にも人種にも宗教にも偏見を」もたず、多くの男たちを愛したからだ。つまり本短篇でキシュは、偏見のない自由平等の政治への強い思いを、無垢な娼婦の生き方に託したのだと思う。

三作目の表題作「死者の百科事典」を改めて考えれば、無名である者の生涯がもれなく百科事典に記載されているという夢の話だが、冒頭に囚人たちが演じたベケットの『ゴドーを待ちながら』に触れているのは、作者のベケットへの強い共感の表れだろう。実はベケットは戦時中、抵抗運動に参加し、そのためにナチに追われ、フランスの村に隠れ、戦争が終わるまでともかく待つしかなかった体験があり、その体験を戯曲にしたのだ。キシュはおそらくその事実を知り、強く共感したのではないだろうか。監獄で囚人たちの芝居『ゴドーを待ちながら』を見る際に案内してくれた看守と図書館の案内人とがそっくりだという設定は、ベケットの体験と父親がアウシュビッツで殺されたキシュの人生と重なっているのだ。つまり「人間の生命は繰り返すことができない、あらゆる出来事は一度限りである」という言葉こそが、本編の主題だ。『ゴドーを待ちながら』のように私たちは日々、同じ繰り返しのなかで生きているように思うが、「すべてはいつでも起きることで二度と起きないこと」だというキシュの体験が、この短篇を書かせたに違いない。

「眠れる者たちの伝説」は、暗い洞窟のなかで仰向けに眠り、死んでいる三人のうち最も若いディオニシウスの夢を描く。キシュ自身が本篇はエフェソスの七人の眠れる者の伝説に拠っているると述べているが、その伝説は、三世紀に若い七人の王子がキリスト教を信仰したため皇帝から迫害を受け、洞窟に逃げ込み、約二百年間、眠ってしまうことから始まる。ところが、目覚めた後、食べ物を買いに行ったせいで、店の主人に奇跡を気づかれ、結果、当時の皇帝がこの奇跡を確かめる前に王子たちは亡くなってしまう話だ。この伝説よりも、本篇では「それもまた夢だったのか」という言葉を呪文のように繰り返すことで、はるかに夢幻の香りを全篇に醸し出している。キシュは自分の作品が何百年後にも読まれることを願ったのか。

その次の「未知を映す鏡」も、父親にジプシーから買ってもらった手鏡に、馬車に乗った父と姉二人が暴漢に襲われ、殺される場面が映り、それを見た少女の証言で犯人が捕まるという不思議な話。だが、キシュは「眠れる者たちの伝説」や「未知を映す鏡」のような不思議な話を否定するように、次には「師匠と弟子の話」を置く。

この話のなかで若者を教える者は「芸術は虚栄心のなす業であり、道徳は虚栄心の不在」であると考えるが、彼の弟子は虚栄心により彼の論理を改変して出版し、自分の意見を通そうとする。それこそが「虚栄の中の虚栄」なのだとキシュは記すが、ならば彼が本短篇集を出版した意義はどこにあるのか。

この本はキシュ自身が一つの短篇で読者に問いをかけ、次の短篇でその答えを示しつつ、別の新たな問いを読者に投げかけているのだ。

だから本を出す意義を示すのは次の「祖国のために死ぬことは名誉」ではないか。

この話は、皇帝と同じ程の貴族である若き将校が、民衆の一揆《いっき》に加わったため絞首刑を言いわたされる事件を扱っている。彼の母親は皇帝に嘆願し、罪が減刑される可能性を息子にほのめかす。そしてそれが上手く行ったと処刑される息子に二人だけが知る方法で伝える。しかしそれは息子が最後まで毅然《きぜん》とした姿を失わないための、母の嘘で、息子は最後の最後には驚愕して死ぬ。しかし息子は最後まで矜持《きょうじ》を失わなかったという説もある。つまり結論は「歴史は勝者が書く」。伝承は民衆が紡ぎ出す。文学者たちは空想する。確かなものは、死だけである」。こう書いてキシュは一つ前の短篇「師匠と弟子の話」で問いかけたことを「文学者たちは空想する」と答えつつ、「確かなものは、死」という言葉で本書全篇の意味を記すのだ。

だからこそ彼は死にまつわる様々な空想を描くのだろう。それが文学者の責務であると悟っているように。常に歴史は権力の勝者が作り、語り、流布《るふ》することを明かすように。そしてキシュは次に「王と愚者の書」を書く。

一冊の書がヨーロッパ全土を巻き込み、やがてヒットラーの『我が闘争』にも影響を与え、全体主義を生む本の話である。この短篇はキシュの父親がアウシュビッツで殺されたことが直接の執筆動機だろうが、それだけでなく彼は本書を書いている際にも「歴史は勝者が書く」という思いが強くあったのではないか。一九六八年に、社会主義体制下で自由化・民主化を目指したチェコスロヴァキア政府の改革、いわゆる

「プラハの春」が起きる。しかし直ぐにソ連を中心としたワルシャワ条約機構五か国軍が軍事介入してチェコスロヴァキアは制圧されてしまう。キシュは戦前戦後の動きを眺め、文学者は結局「空想するしかない」と考えたのではないだろうか。

そして最後にキシュは自分の願いを「赤いレーニン切手」に託したのだ。詩人との秘めた恋を彼の恋人が死を前にして二人の恋愛を語る話で、キシュは自身書いた解説の最後に唯物論者ディドロの切々たる恋文の一節を載せて、この短篇集を終えているのだ。つまりキシュも最後には愛こそがすべてに勝ると書き、本書を締め括っている。

ところで、私が本作品を初めて読んだのは、六つの共和国と五つの民族が集合していたユーゴスラビアが解体し、さらに一九九九年四月、前年の二月から起きた「コソボ紛争」末期であった。つまりNATOがユーゴスラビアを七十八日間、空爆した時期であった。それだけに、政治に翻弄される人間の悲しみを描いた本作品を生々しく読んだ記憶がある。言い換えれば二十世紀末に本作品を読み、だから二十世紀が本当に戦争の世紀だったと改めて思った覚えがある。

では現在では本書は古びているのか。決してそうではない。キシュが描いた世界は過去のものではなく、現代の問題であり、未来への課題なのだ。そして日本人に遠い国の話でもない。

かつてキシュが亡くなる二年前の一九八七年にアメリカと旧ソ連が締結した中距離核戦力（ＩＮＦ）全廃条約を破棄すると、アメリカのトランプ大統領が声明を出したのは記憶に新しい。中距離核弾道弾はかつてほどの軍事的な意味を失っているとはいえ、今後、私たちが生きる時代もかつてキシュが描いたように核戦争の危機のなかにあるのだろうか。

また暴力がはびこるホンジュラス、エルサルバドル、グアテマラの人々が現在、子どもを連れてアメリカの国境まで歩き続け、北上する旅を続けている。しかしアメリカの国境に待ちかまえているのは、生きる夢ではなく、入国を拒否する軍隊だ。そればかりか、世界各地で武力紛争はなくなっていないし、紛争や人種差別、宗教や思想、自然災害や飢餓などの理由で居住地を追われた難民も多いのだ。

そして日本でも「戦争放棄」を記した憲法第九条を変える動きが高まっている。つまりこの世界は、キシュが遺書として書いた様々な死の世界は未だ消えていないのだ。

今も私たちはキシュが描いた絶望と希望の間に生き続けている。

本書は一九九九年、小社の海外文学セレクション
の一冊として刊行された作品の文庫化です。

創元ライブラリ

死者の百科事典

二〇一八年十二月二十一日　初版

著　者◆ダニロ・キシュ

訳　者◆山崎佳代子

発行所◆㈱東京創元社

代表者　長谷川晋一

郵便番号　一六二―〇八一四

東京都新宿区新小川町一ノ五

電話　〇三・三二六八・八二三一　営業部

〇三・三二六八・八二〇四　編集部

印刷・フォレスト　製本・本間製本

ISBN978-4-488-07077-9　C0197

IL NOME DELLA ROSA * UMBERTO ECO

世界の読書人を驚嘆させた20世紀最大の問題小説

薔薇の名前 上・下

ウンベルト・エーコ　河島英昭訳

中世北イタリア、キリスト教世界最大の文書館を誇る修道院で、修道僧たちが次々に謎の死を遂げ、事件の秘密は迷宮構造をもつ書庫に隠されているらしい。バスカヴィルのウィリアム修道士が謎に挑んだ。

「ヨハネの黙示録」、迷宮、異端、アリストテレース、暗号、博物誌、記号論、ミステリ……そして何より、読書のあらゆる楽しみが、ここにはある。

▶この作品には巧妙にしかけられた抜け道や秘密の部屋が数知れず隠されている――《ニューズウィーク》
▶とびきり上質なエンタテインメントという側面をもつ稀有なる文学作品だ――《ハーパーズ・マガジン》

四六判上製

IL CIMITERO DI PRAGA * UMBERTO ECO

史上最悪の偽書『シオン賢者の議定書』成立の秘密

プラハの墓地

ウンベルト・エーコ　橋本勝雄訳

イタリア統一、パリ・コミューン、ドレフュス事件、そして、ナチのホロコーストの根拠とされた史上最悪の偽書『シオン賢者の議定書』、それらすべてに一人の文書偽造家の影が！　ユダヤ人嫌いの祖父に育てられ、ある公証人に文書偽造術を教え込まれた稀代の美食家シモーネ・シモニーニ。遺言書等の偽造から次第に政治的な文書に携わるようになり、行き着いたのが『シオン賢者の議定書』だった。混沌の19世紀欧州を舞台に憎しみと差別のメカニズムを描いた見事な悪漢小説《ピカレスク・ロマン》。

▶気をつけて！　エーコは決して楽しく面白いだけのエンターテインメントを書いたのではない。本書は実に怖ろしい物語なのだ。──ワシントン・ポスト

▶偉大な文学に相応しい傲慢なほど挑発的な精神の復活ともいうべき小説。──ル・クルトゥラル

著者のコレクションによる挿画多数

四六判上製

HHhH＊LAURENT BINET

ゴンクール賞・最優秀新人賞受賞作

HHhH　プラハ、1942年

ローラン・ビネ　高橋啓訳

ナチによるユダヤ人大量虐殺の首謀者ハイドリヒ。ヒムラーの右腕だった彼を暗殺すべく、亡命チェコ政府は二人の青年をプラハに送り込んだ。計画の準備、実行、そしてナチの想像を絶する報復、青年たちの運命は……。ハイドリヒとはいかなる怪物だったのか？　ナチとはいったい何だったのか？　史実を題材に小説を書くことにビネはためらい悩みながらも挑み、小説を書くということの本質を、自らに、そして読者に問いかける。小説とは何か？　257章からなるきわめて独創的な文学の冒険。

▶ギリシャ悲劇にも似たこの緊迫感溢れる小説を私は生涯忘れないだろう。(……)傑作小説というよりは、偉大な書物と呼びたい。　　――マリオ・バルガス・リョサ

▶今まで出会った歴史小説の中でも最高レベルの一冊だ。

――ブレット・イーストン・エリス

四六判上製